KB118546

부주의한 사랑

배수아

장편소설

부주의한
사랑

문학동네

차례

부주의한 사랑

●

처음에, 아주 흐리고 추운 수요일 저녁에 나는 태어났다고 한다. 그때 겨울의 시골을 좋아하던 어머니는 여행하던 중이었다.

어머니와 벌써 학교에 다니고 있던 큰오빠와 내게 언니가 되는 다른 여자아이 두 명이 일행이다. 여자아이들은 시골의 먼지투성이 휴게소에서 산 끈적끈적한 땅콩엿과 뜨거운 팥이 든, 딱딱한 갈색 껍질을 가진 둥근 빵에 매혹되어 있었다. 그리고 그때 여름이 시작되기 전부터 같이 머물러온 사촌 연연도 있었다고 한다.

아버지는 방학 동안, 뒤떨어진 학생들을 가르치기 위해서 학교에 머물러 있어야 했다. 어머니는 싸늘한 바람과 펄럭이는 비닐하우스가 있는, 어머니가 태어난 옛집인 횡성에 갔다가 그다음에는 어머니의 언니가 살고 있는 주문진으로 갔다. 학교에 다니고 있던 큰오빠와 아직 어렸던 두 명의 언니들을 데리고, 그리고 큰오빠보다 나이가 많았던 사촌 연연을 데리고 여행하는 것은 아주 큰일이었다. 어머니는 노란 모자를 쓴 택시 운전사의 도움을 받아 가방을 옮기고 번쩍거리는 비닐장판을 깐 주문진 식당의 방에서 붉은 고추를 넣고 금방 잡아온 생선을 끓인 것을 먹었고 사촌 연연은 구운 생선과 야채를 얹은 덮밥을 먹었다.

날은 추워지고 있었고 바닷가의 바람은 강해서 오래된 거리의 빈약한 나무들이 쓰러질 듯이 비틀거렸지만 그들은 아주 행복해했다고 들었다.

어머니는 그림을 그리고 싶어하면서 일생을 살았다. 아이들을 주문진의 언니에게 데려다주고 어머니는 그림을 그리기 위해 여행을 계속할 생각이었다. 아직 아이가 태어나려면 많은 시간이 남았고, 아버지는 학교의 보충수업이 끝나는 대로 어머니를 찾아오기로 되어 있었다. 모든 것이 완벽하고 조화로웠다. 잎을 떨어뜨리고 있는 쓸쓸한 나무들의 거리도, 기적을 울리면서 한 시간에 한 번씩 역을 지나가는 기차도,

오래된 주문진 집 앞길을 적막한 듯 지나가는 녹슨 자전거의 흐린 불빛도 어머니에게는 어느 그리운 노래나 빛나는 봄의 얼굴처럼 느껴졌다고 한다. 어머니는 그림을 그리기 위해서 옷가방들과 함께 색연필을 담은 양철가방을 들고 있었다.

　어머니는 생각지 못한 주문진의 초라한 작은 병원에서 나를 낳았다. 나는 미숙아로 태어났고 긴 머리칼에 힘없는 소리로 울었고 설탕을 넣지 않은 우유는 먹지 않았고, 사촌 연연은 찬바람이 몰아치는 병원의 마당에서 일주일이나 옷을 갈아입지 못한 채 구슬놀이를 하는 오빠와 마을 아이들을 바라보고 서 있었다. 어머니의 언니는 몹시 가난하게 살고 있었지만 어머니의 두 딸들을 뜨거운 물에 씻기고 머리를 감기고 딸기캔디 모양의 붉은 구슬로 머리를 올려준다.

　내 두 자매들은 주문진의 병원 뜰에서 놀지 않고 아버지가 도착할 때까지 강릉에 있는 유료 탁아시설에 맡겨졌다. 그곳은 아이들에게 아침에 설탕을 넣은 뜨거운 우유를 커다란 컵 하나 가득히 따라주고 오후에는 달콤하고 진한 코코아를 미키마우스가 그려진 컵에 하나 가득, 그리고 잠자기 전에 또다시 설탕을 넣은 뜨거운 우유를 커다란 컵 가득히 받을 수 있는 곳이었다. 잠은 꽃무늬가 있는 이불이 덮인 나무침대에서 다른 열세 명의 여자아이들과 같이 연한 물방울무늬가 있는 잠옷을 입고 잠들 수 있는 그런 곳이었다고 한다. 정확히 말하면 그곳은, 처음에는 강릉에 살고 있는 한 프랑스인이 자기의 아이들과 입양아들을 위해서 만들어놓은 집이었지만 때로는 서울에서 오는 외국 군인들의 아이들을 위한 시설이 되기도 했다가 화교학교의 아이들의 캠핑을 위한 숙소가 되어주기도 했던 곳이다.

어머니의 언니가 언제인가 그곳에서 허드렛일을 하기 위해서 고용된 일이 있었다. 어머니의 언니는 마루를 닦고 작은 여자아이들의 머리를 감겨주고 아침이면 많은 잠옷의 솔기가 터지지 않도록 조심해서 빤 다음 날씨가 좋을 때는 모두 마당에 갖다 널고 그렇지 않을 때는 건조기에 말렸다. 하루에 세 번 여자아이들에게 뜨거운 우유와 코코아를 갖다주고 쿠키와 매운 카레를 만들고 접시를 닦고 여자아이들의 잠자리를 준비한다. 어머니의 언니는 그런 곳에 살고 있는 여자아이들을 부러워하기도 하고 미워하기도 하면서 허리를 굽히고 마루를 닦는다. 머물고 있는 여자아이들이 모두 떠나버리면 집은 고요하고 어머니의 언니는 임시로 얻은 식모 일자리를 잃게 되지만, 곧 또다시 중국인학교의 캠핑이나 미군캠프 내의 보이스카우트들이 찾아오게 된다. 어머니의 언니는 어머니의 언니의 딸들을 그곳에서 살게 하는 꿈을 가끔 꾸었다. 하지만 집주인인 프랑스인은 돈을 받았고 어머니의 언니는 그럴 여유가 없었다. 더구나 그곳은 원칙적으로 외국인을 위한 시설이었기 때문에 내국인 아이들은 빈자리가 날 때까지 오래 기다려야 하는 경우도 있었다.

어머니의 두 딸들은 아주 운이 좋았다. 그때 같이 머물고 있던 사촌 연연은 어머니의 언니의 어린 딸들 중의 한 명이었다. 어머니의 두 딸들이 그곳 탁아소에 있을 때에는 아프리카 여행을 떠난 부모들이 맡기고 간 프랑스인 여자아이가 하나, 집주인인 프랑스인이 입양한 전쟁고아인 한국 여자아이 두 명과 전쟁터에서 구출되어 온 베트남인 혼혈 여자아이들과 한국군 장군의 딸들과 프랑스어를 배우게 하기 위해서 부모들이 겨울 동안 맡겨놓은 중국인 자매들이 살고 있었다. 어머니의 두 딸들은 그곳이 아주 마음에 들었다. 그래서 내가 늦게까지 태어나지 말기를, 아니면 오랫동안 건강을 회복하지 못하고 병원에 머물러 있기를 원했다. 하지만 수업 일정을 당겨서 아버지가 찾아오고 결국은 어머니의 두 딸들은 집으로 돌아와야만 했었다.

나는 이런 모든 것들을 자라나면서 들어왔다. 두 언니들과 그리고 어머니와 언제나 숲속의 가냘픈 소녀로 남아 있을 쓸쓸한 내 사촌 연연, 주문진에서 죽기 전의 어머니의 언니, 자라나자마자 감옥으로 가게 될 내 오빠와 그때 주문진에 살고 있던 또다른 사촌들.

　어쩌면 모든 사람들이 나에게 말해주고 있는, 내가 태어나던 때의 이야기는 사실이 아닐지도 모른다. 나는 가끔 어머니의 가난한 언니가 나의 진짜 어머니가 아닌가, 생각한다. 설탕을 넣고 뜨겁게 끓인 우유를 요람에서 마시고 있을 때부터의 이야기이다. 그런 것을 설명하기 위해서, 배가 부른 어머니가, 정말로 평소에도 여행 따위는 귀찮다고 생각하고 있는 것이 분명한 어머니가 아무도 살고 있지 않은 허물어진 횡성의 옛집과, 크게 사이가 좋지도 않은 나이 많은 언니가 살고 있는 주문진으로 많은 아이들과 사촌 연연까지 데리고 여행을 하고, 쓸쓸하고 작은 병원에서 나를 낳았다는 이야기를 만들어서 모두 약속한 듯이 나에게 들려주는 것이다. 설탕을 넣은 뜨거운 우유나 프랑스인 사설 탁아소 같은 말은 어쩌면 정말일지도 모른다. 그들은 아마 정말로 그런 여행을 하기는 했을 것이다. 언니들은 신경질적인 식모의 손에서 벗어나고 싶어했고 아버지는 물리 수업을 전혀 이해하지 못하는, 머리에 부스럼이 난 고등학생들 때문에 언제나 바빴다.

나는 바람이 심하게 부는 주문진의 바닷가에서 태어났을 것이다. 정말로 내 어머니는 프랑스인 사설 탁아소의 임시 식모였고 아버지가 누구인지는 모른다. 가난했던 내 어머니는 아주 다른 많은 일들도 하면서 살아갔을 것이다. 부둣가에서 생선을 받아다 시장에서 팔거나 그물을 손질하거나 하는, 그때 주문진에 살고 있던 결혼한 다른 여자들이 모두 하고 있던 일들 말이다.

인생에서 신비로운 것은 아무것도 없다. 나는 어느 날 이런 모든 것들을 기억하면서 죽어갈 것이다.

검은 모기들이 잉잉거리는 숨막히는 밤에, 가슴에 두 손을 가만히 얹고, 기억이, 검고 어두운 바다 저 아래에서 떠오르기를 바란다.

어머니의 언니 딸인 연연은, 나에게는 사촌이 되는데 나의 오빠보다도 나이가 많았고 나와는 열다섯 살보다 더 많이 차이가 났다. 마당에 누워 있는 나는 흰 빨래를 빨아 널고 있는 그 아이를 바라본다. 그 아이는 내가 태어나던 해에 주문진에 같이 있던 아이다. 사람들은 모두 다 그 아이를 연연이라고 불렀다.

연연, 아기를 그네에 앉혀주겠니. 그리고 빨래를 마당에다가 널어주렴.

아아, 햇빛이 너무나 눈부셔서 슬퍼지는 한낮이다. 나무와 함석으로 만든 지붕이, 포장 안 된 길을 따라 길게 누워 있다. 길의 한가운데에 그림처럼 반짝거리는 자전거가 개울가를 향해 내려간다. 초록빛이 진한 개울가 키 큰 풀밭에 어머니의 나무 이젤이 세워진 채로 어머니는 없다. 연연은 나를 그네에 앉히고 커다란 스푼으로 데운 우유를 떠다가 나에게 먹인다. 눈부시게 흰 빨래는 마당에 있는 빨랫줄에 차곡차곡 널었다. 바람도 불지 않고 연연의 스커트도 바람에 날리지 않는다. 연연이 준 우유는 설탕을 많이 넣어 달콤하고도 또 달콤하였다. 나는 아직도 아기인가. 나의 자매들은 학교에 가고 오빠는 자전거를 타고 어디인가 먼 곳으로 떠나가고 있다. 어머니는 집안에서 연연을 부른다.

연연, 아기가 햇빛을 많이 받게 해주렴.

나는 흰 꽃처럼 페인트칠한 한낮의 그네에 앉아 동화 같은 포장 안 된 길과 아직도 새것인 빛나는 자전거와 물가의 완두콩빛 개구리들과 개울 위로 떠가는 연한 초록빛 풀잎들을 바라본다. 어두워지고 밤이 되면 어디에선가 거짓말처럼 작은 박쥐들이 날아와서 검은 우산 같은 날개를 펄럭였다. 어머니는 아버지의 학교가 가까운 변두리로 이사를 하고, 내 자매들은 가을부터 늦봄까지 찬 우물물로 목욕을 하느라 손발이 파랗게 얼어 있었다. 연연은 개울가에서 빨래를 한다.

　　연연, 아기 머리를 예쁜 리본으로 올려주었으면 좋겠다. 아기를 데리고 절에 갔으면 하는데.

　　나의 어머니는 내가 기억하고 있는 한은 언제나 가득한 불만 속에서 숨막혀 하고 있었다. 화가로서 그림을 더이상 그리지 못하고 있는 것에 대해서, 아이들을 너무나 많이 낳은 것에 대해서—나를 포함해서—, 그리고 어머니의 언니의 딸인 아름다운 연연에게 더 잘해주지 못하는 것에 대해서, 아버지가 변두리의 사립고등학교 물리 선생으로 돈을 더 많이 벌지 못하는 것에 대해서, 내 자매들이 쑥쑥 자라고 있는데 진짜 레이스 달린 잠옷이나 새것인 빨간 가죽구두를 사주지 못하는 것에 대해서, 더운물이 나오지 않는 낡아빠진 목조 이층집에 살고 있는 것에 대해서, 토요일마다 명동의 조선호텔로 따뜻한 빵을 사러 가지 못하는 것에 대해서, 어머니의 하나뿐인 친척인 어머니의 언니가 가난하고 불행하게 살고 있는 것에 대해서, 다니고 있는 절에 많은 돈을 기부하지 못하는 것에 대해서, 둔하게 살이 찌고 있는 것에 대해서, 그리고 무엇보다도 나이가 들어가고 잠을 잘 잘 수 없는 것에 대해서이다. 어머니는 밤이 되면 아기인 나를 목욕시키고 새옷을 입힌 다음 아버지에게 묻는다.

"언제까지 이곳에 있는 거야, 벌써 오래전에 이곳을 떠날 수 있다고 했잖아."

"그게 조금 더 걸릴 수도 있다고 했잖아. 아직은 아니야. 처음에는 너도 이곳이 좋다고 했잖아. 길은 넓고 깨끗하고, 개울은 푸르고, 많은 물이 흐르는 강이 가깝고, 강가에는 숲도 우거지고, 그림을 그릴 수도 있고."

"아니야, 그게 아니야. 여행하는 것과 정말 산다는 것은 아주 달라. 이곳은 전기도 없고 더운물도 나오지 않고 사람들은 가난하고 사나워."

"뭐든지 네 뜻대로 다 하고 있잖아. 넌 처음에 주문진으로

가기를 원했잖아. 이곳은 좋아하는 절도 가깝고 아이들에게
도 좋은데."

"아이들, 아, 아이들."

어머니는 이제 막 어두워지려고 하는 개울가가 내려다보
이는 이층 방 창가 의자에 앉는다. 아래층에서 연연이 풍금
을 치고 있고 불빛은 집안 어디에도 없다. 끈끈하고 향기로
운 바람이 엷은 종이처럼 가볍게 흔들리면서 불어온다.

"난 아이들이 너무 많아. 그런 것 같지 않아? 난 항상 느
껴. 잘 알 수가 없지만, 뭔가를 실수하고 있다는 생각이 끊임
없이 들어. 아이들도 그 한 부분이야."

"그래도 넌 아이들을 좋아해. 아주 좋아해. 그렇지."

어머니보다 여섯 살이나 나이가 어린 아버지는 미술대학
의 졸업작품 전시회에서 어머니와 만나게 되어 이른 결혼을
하였다. 아버지에 비해서 어머니는 나이가 너무 많았다. 그
들이 처음 결혼을 하였을 때는 더욱 그랬을 것이다. 어머니
는 민감하게 느꼈다. 사람들이 이상하게 생각하잖아. 난 너
무 많은 것을 걸고 결혼하고 싶지는 않아. 넌 너무 어린걸. 내
가 화가로서 성공할 수 있을 때까지 기다려주겠니. 하지만
결국 모든 것은 열정 앞에 무너져버렸다. 어머니도 아버지
못지않게 원하고 있었다. 그들은 아버지의 가족이 살고 있는

부산에서 결혼을 하고 아버지는 스무 살에 아버지가 되었다.

"그래 난 아이들을 좋아해. 하지만 내가 더 좋은걸, 그래서 난 불행해. 내가 뭘 할 수 있겠어."

어머니는 슬픈 얼굴로 이층의 창가에 앉아 있다.

"연연을 집으로 돌려보내는 것이 어떠니."

아버지가 어머니의 기분을 풀어주려고 말한다. 어머니는 아무 말이 없다. 이제는 밤이 찾아온다. 길을 달려가는 자전거의 불빛이 보이고 마당의 그네에는 내 자매들이 잊은 헝겊 인형이 잠들어 있다. 이층의 한 방안의 아기, 나도 잠들어 있다. 작고 흰 손, 아름다운 여름 저녁이 내 뺨을 스치고 마지막 붉은 하늘에 입맞추고 흘러간다. 어머니의 눈에서 눈물이 흐른다.

"너는 언제나 연연에 대해서만 생각하지. 연연은 여기 있는 것이 더 좋아."

"그 아이에게도 엄마가 있으니까, 여기서 학교도 못 다니는 것보다야 좋지 않겠니."

"연연에게 직접 물어봐. 내 아기도."

어머니는 더이상 말하지 않았다. 어머니는 나에 대해서 생각하고 있다. 하지만 겉으로는 아무런 생각이 없는 듯이 밤의 박쥐를 보려는 듯이 개울가를 내려다본다. 언제나 있는 저녁의 대화이다. 어머니는 언제나 슬픔과 무기력에 대해서 아버지에게 말하고 아버지는 언제나 연연에 대해서 이야기했다. 연연은 그렇게 자랐다. 한번은 아버지가 연연에게 물었다.

집으로 돌아가고 싶지 않니? 엄마가 보고 싶지 않은 거야? 연연은 아니요, 집으로 돌아가고 싶지 않아요, 엄마는 날 때려요, 언제나 때렸어요, 난 가지 않을래요, 아저씨, 날 보내지 말아주세요, 하면서 큰 눈에 눈물이 고인 채로 외치고 나서 커다랗게 울음을 터뜨려버렸다. 우리들이 모두가 다 깜짝 놀랄 만큼 커다란 울음이었다. 언제나 있는 듯 없는 듯 조용한 연연이었기 때문에 사람들은 당황한다. 아버지는 연연을 아무에게도 보내지 않겠다는 약속을 하고 그리고 연연은 울음을 그친다. 연연은 그런 날 저녁에도 아무 일도 일어나지 않은 듯이 마루를 닦고 어린아이인 나에게 줄 우유를 데운다.

모든 다른 아기들이 그렇게 느끼듯이, 어린 나에게도 어머니는 가장 아름답고 향기로운 존재였었다. 어머니가 거들도 입지 않고 동네의 다른 여자들처럼 거친 말씨를 쓰고 화장하지 않은 얼굴로 거리에 나가는 것을 상상할 수 없었다. 하지만 어머니는 달랐다. 어머니는 아버지보다 너무나 나이가 많았던 것이다. 언제나 어머니는 그것을 의식하고 있었을까.

어머니는 아침 식탁에서 신문을 읽다가 아버지에게 말한다.

"이것 봐, 프랑스에서 있었던 일인데, 스무 살이나 나이가 많은 여자와 결혼한 남자가 있는데,"

"스무 살이라고, 그건 아무것도 아냐."

아버지는 단무지를 씹으면서 다른 생각에 빠져 있다가 어머니에게 대꾸한다. 나는 작은 방울을 가지고 마루에서 놀고 있다. 연연은 마루의 풍금을 닦고 있고 오빠와 자매들은 모두가 다 학교로 갔다. 아버지는 인스턴트커피를 끓이려고 마당의 풍로에서 끓고 있던 주전자 물을 따라서 가지고 들어온다.

"아무것도 아닌 것이 아냐. 아주 중요해. 스무 살이라면, 어느 순간에 대화가 통하지 않을 거야."

"대화가 통하지 않는 것은, 그것이 꼭 나이 때문은 아냐."

"저녁에는 카레라이스를 먹고 싶어."

어머니는 철없는 소녀처럼 다른 이야기를 꺼낸다.

"연연에게 준비하라고 하면 되잖아."

"우리는 마치 연연을 식모처럼 부리고 있어, 그렇지."

어머니는 아버지에게 말한다.

"그렇지 않아."

아버지는 정말로 충격을 받은 듯하다.

"우리는 연연을 돌봐주고 있는 거야, 그렇지. 연연이 자기 어머니에게 가려 하지 않는 것은, 너도 알잖아."

"내가 정말로 너에게 동네 아줌마처럼 보이니?"

어머니는 아버지가 따라주는 인스턴트커피를 마시면서 중요한 일처럼 아버지에게 묻는다. 이때 어머니는 무엇인가에 쫓기는 것처럼 불안해한다. 식탁에서 양념한 단무지뿐인 반찬으로 아침을 먹고 있던 아버지는 마루에서 작은 방울을 놓쳐 흐느끼고 있는 내게로 와, 나를 안은 채 데운 우유를 먹인다.

"그렇지 않다는 것을 잘 알잖아. 너는 요즈음 유난히 이상해. 그거 알고 있니? 아기가 태어난 이후로 더욱 그래."

나는 태어난 지 육 개월이 넘었지만 아직도 이름이 없다. 오래된 작은 방울을 빼면 장난감도 갖고 있지 않고 연연 말고는 안아주는 사람도 없다. 나는 아기다. 아직도 맑고 고운 눈동자를 갖고 있고 이름이 없다.

"나는 정말로 요즈음 이상해. 아침이 되면 잠에서 깨어나는 것이 두려워. 아이들이 어떤 순간에는 너무나 귀찮아. 그런 생각이 들 때마다 그렇게 슬퍼질 수가 없지. 그리고 네가 나날이 젊고 멋있어지는 것이 두렵고 싫어."

아버지는 이제 학교로 출근해야 한다. 학교에는 아버지를 좋아하는 사람이 많았다. 아버지는 어머니와 결혼하기 위해

서 더 많은 공부를 할 수 있는 기회를 포기해버렸다. 아버지
는 돌이 깔린 마당을 천천히 걸어 흰 페인트칠을 한 대문을
지나고 연연에게 안긴 나는 작은 손을 흔든다.

어린 나는 연연을 무척 좋아하지만, 어머니는 무엇과도 바
꿀 수 없는 존재였다. 밤이 되면 빗어내리는 연연의 길고 비
단결 같은 눈부신 머리칼, 투명한 얼굴과 길게 찢어진 검고
큰 눈, 맨발로 풍금을 치는 그 뒷모습, 빨래를 널고 있는 모
습, 아버지의 와이셔츠를 다리고 책상을 걸레질한다. 연연은
나를 꼭 껴안고 빛나는 햇빛 속에 내어놓는다.

개울물의 반짝임, 녹색 날개의 새와 황금빛 파리들의 울
음, 햇빛 가득한 길을 가고 있는 자전거의 반짝임. 연연은 나
를 그네에 앉히고 작은 방울을 쥐어준다. 연연이 나의 친자
매이기에 나를 사랑해주는 것이다. 그런 생각이 들면서 나는
가만히 흔들리는 그네에서 문밖의 거리를 내려다본다.
"저렇게 아이를 햇빛 속에 내어놓다가는 아기가 곧 눈이
멀게 될 테지. 아무것도 모르는 여자야."
마을 여자들이 검은 몸뻬를 입고 바구니를 이고 손에는 삽
을 든 채로 집 앞을 지나가면서 하는 말이다. 어머니는 마을

사람들과 사귀지 않았고 그래서 마을 사람들은 우리 가족을 이상하게 생각하고 있었다. 그들은 이상한 말을 만들어서 퍼뜨리기도 했을 것이다. 연연이라는 저 아이가 딸도 아니고, 식모도 아니고 무얼까요? 저 집의 남자는 여자보다도 훨씬 나이가 어리다는데요. 그런 게 아냐, 저 집 여자의 언니의 딸이래. 언니는 강원도에서 너무나 가난하게 살고 있어서 어쩔 수 없이 이곳에 있는 거라고. 하지만 나라면, 언니의 딸이라도 저렇게 놓아두지는 않겠어. 학교에도 가지 않잖아.

오빠는 아직 어렸다. 그때부터 어른이 될 때까지 오빠는 별로 집에 있지 않았다. 어쩌다가 집에 있을 때는 연연을 괴롭히는 것이 오빠의 일이었다. 연연이 아버지에게 점심을 가져다주려고 도시락을 들고 집을 나서면 오빠는 식탁에서 먹던 빵을 부스러뜨리고 파리가 달라붙는 딸기잼 병을 닫지도 않고 자리에서 일어선다.

"쟤는 아버지만 좋아해. 우리는 저런 점심을 먹어보지도 못하는데. 계집애가 바람이 났어."

오빠는 언제나 그랬다. 언제나 가장 나쁜 것, 가장 불길한 것만 입에 올렸다. 그러지 않을 때는 입을 다물고 대나무 젓가락으로 밥을 입으로 숨쉴 틈 없이 몰아넣거나 밤 늦은 시간까지 동네의 불량배들이 모이는 강 상류의 다리에 서 있곤 하였다. 오빠는 어린 악마처럼 행동하는 것을 즐겼다. 하지만 학교에서는 공부 잘하는 아이였기 때문에 어머니는 자랑스럽게 생각하고 있었다. 오빠는 씩씩하고 영리했고 좀 위악적이기는 하였지만 매력 있는 아이로 자라났다. 밤이 깊어서 우리들이 잠자리에 들기 전에 목욕을 하고 있을 때면, 어머니의 손길이 모자라는 아이들이라는 것이 금방 드러났다. 목이나 팔꿈치를 깨끗하게 씻기란 어려웠다. 등에 종기가 나서 약을 바르면 곧 덧나곤 했고 흔한 충치가 생겨도 병원에 데려가줄 사람이 없었다. 내 자매들 중 하나는 학습장애가 있는 아이였다. 사람들이 아직 난독증이라거나 하는 것에 대해서 잘 알고 있지 않을 때였다. 아버지는 오랜 학교생활에 지쳐서, 난 공부 못하는 아이가 더 귀엽다, 하면서 신경쓰지 않았다. 머리에 이가 생겨서 모든 아이들이 머리를 아주 짧게 잘랐던 때도 있었다. 그럴 때면 밤의 어두운 촛불 밑에서 내 자매들은 마르고 슬프게 보였다.

나는 연연과 함께 잠을 잤다. 깊은 밤에 잠에서 깨면 연연이 행복한 숨소리를 깊게 내고 있는 것이 들린다. 그러면 나는 안도하는 마음이 들어서, 창으로 불어오는 조용한 바람이나 감나무 잎 사이로 나타나는 커다란 달을 보았다. 집안은 조용하고 나무층계가 삐걱거린다. 누군가가 나무층계를 내려가고 있었다. 밤에 우는 새들이 휘파람 같은 소리를 내고 작은 방울이 소리를 내면서 아기 침대에서 떨어진다. 오빠는 아직도 돌아오지 않았나.

어머니의 언니는 연연을 찾지 않았다. 연연은 열여덟 살이 될 때까지 우리들과 함께 살았다.

언제인가 내가 사랑에 빠지게 된 날, 남자가 나에게 물었다. 이름이 뭐니. 연연蓮蓮. 너는 중국에서 온 거니. 아니, 그렇지 않아. 연연, 우리 같이 춤출까. 그래, 좋아. 남자는 내가 강원도에서 가난하게 자라난 줄로 알고 있었다. 며칠 시간이 흐른 뒤에 남자와 나는 우리 회사의 복도에서 서로 마주쳤다. 남자는 나이가 많지 않았지만 이른 결혼을 해서 아이가 있었고 내가 아는 남자아이의 사촌이었다. 그는 아내와 별거 중이었다.

나는 남자와 같이 있을 때, 연연도 이랬을까 가끔 생각하게 되었다. 연연에 대해서 그렇게 생각하기는 처음이었다. 연연도 나처럼 느꼈을까. 부드러운 남자의 숨소리, 다정한 목소리, 어른 남자에게서 나는 감미롭고 동물적인 냄새, 오래전에 잊어버린 기억 같은 것. 끝없이 기다리게 되는 전화벨 소리. 손톱을 물어뜯게 되는 주말, 나는 너를 가질 수 없어도 좋아, 죽음 같은 사랑.

　양부모는 나에게 다른 이름을 지어주고 싶어하였지만 어쩔 수 없었다. 연연이 사라진 다음부터 아버지에게 나는 이미 연연이었던 것이다. 그 일 이후에 내가 나이가 가장 어리다는 이유로 양부모에게 보내진 것은 참으로 다행이라는 생각이 든다. 그것은 아무런 상관없는 사람들이 객관적으로 말하는 좋은 일이다. 그들이 보기에 우리 가족은 너무나 불행하였다. 양부모는 나를 가엾게 여기고 절에 가서 나를 위해서 기도한다고 하였다. 양부모는 나에게 좋은 옷을 입히고 교육을 받게 하고 비교적 다정하고 상냥한—때로는 신경질적이지만—오빠들을 갖게 하였다. 양부모는 상식적인 사람들이었고 친절하였다—그들 부부는 나이 차가 얼마 나지 않았고 남자가 여자보다 두 살이나 나이가 많았다—저녁이 되면 양어머니는 낮은 목소리로 아이들을 불러모아 식탁에 앉히고 따뜻한 국물이 있는 밥을 차려 내놓았다. 어린 나는 양아버지의 엄격함, 오빠들이 아버지에게 갖는 경외하면서 존경하고 따르는 마음, 어머니에 대한 가족들의 사랑, 언제나 변함없는 친절, 그런 것들에 놀라워하면서 자라난다. 깊은 밤에 잠에서 깨어나도 더이상 가슴이 두근거리는 공포가 없다. 누구인가 삐걱거리는 나무계단을 밟으면서 내려가고 있지도 않고 더운물이 나오는 욕실이 있고 병을 앓고 있는 아이도 없다. 내가 사랑에 빠진 남자는 처음에 본 나를 가난한 시골 계집아이나 전쟁고아 출신으로 알았다고 한다. 나는 프랑스인 사설 탁아소의 임시 식모였던 어머니를 두었고 아버지는 누구인지 모르고 있기 때문이다.

어머니의 불안이 깊어지자 아버지는 어머니를 병원으로 보내어 치료받게 하였다. 우리에게는 아주 부담이 되는 치료비였다. 아버지는 아마 돈 때문에 걱정이 많았을 거라는 생각이 든다. 어머니는 하루종일 자리에서 일어나지 않고 있을 때가 잦아졌고 우리들은 밤에 목욕하지 않고 잠드는 날이 늘어났다. 연연이 할 일은 더욱 많았다. 아이들은 많고, 더구나 아직 어린데다가 아주 까다로웠고 나는 이름도 없는 아기였기 때문이다. 연연의 손등은 마를 날이 없었다.

그때였나, 나는 연연이 밤에 잠들지 않고 우는 것을 보았다. 희미한 촛불이 연연의 푸른빛이 도는 머리칼 위에 머물고 좀더 크고 강해 보이는 손등이 연연의 머리칼을 쓰다듬고 있었다. 이제 곧 괜찮아질 거야, 연연. 불행은 그렇게 오래가

지는 않는다. 크고 강해 보이는 손등의 목소리가 연연을 위로하고 있었다. 나는 아래층의 낡은 괘종시계가 열두시를 치는 소리에 잠에서 깨어난 것 같다. 집안은 밤의 물속 같은 깊은 어둠이다.

내 자매들은 그해 새옷을 갖지 못했고 오빠는 중학교를 한해 쉬어야 했다. 아버지에게는 한 푼의 저축도 없었고 어머니는 미술 공부를 더 하기 위해서 은행에서 빌려놓았던 돈을 그대로 병원비에 써야만 하였다.

어머니는 점점 여위어가고 있었다. 들판에서 바람이 불어오면 그대로 쓰러질 듯이 비틀거렸다. 집에는 바람이 새어들어왔지만 우리들은 그 집을 떠날 수가 없었다. 도시로 나가면 집세를 내고 살아야 해. 난 더이상은 돈을 벌 수가 없다. 아이들은 점점 자라고, 이제는 중학교에 보낼 저축은 남아 있지 않아. 아버지는 식탁에서 이렇게 말하고 있었다. 아기 우유에 넣을 설탕을 살 돈도, 이제는 없어요. 연연이 부엌에서 작게 말했다. 이제 오빠와 자매들은 모두 학교와 직장으로 가고, 집안에는 어머니와 아버지와 연연뿐이다.

어머니가 병원에 가야겠어요, 어제는 피가 나왔어요. 침대가 피투성이죠, 연연은 더욱 작은 소리로 말한다. 자매들은 침울하다. 오빠는 낮은 소리로 휘파람을 불고.

학교에는 아버지를 사랑하는 사람이 많았다. 어머니는 이런 점을 질투하였다. 병이 깊어져 더욱 핼쑥해지는 바람에 어머니는 집을 떠나서 깊은 산에 있는 절로 요양을 가야만 하였다. 절은 버스를 타고 오랜 시간을 가야 하고 아버지는 어머니의 이젤과 그림물감과 옷과 약 들을 챙겼다. 어머니의 옷을 챙기기 위해 옷장을 열면, 부드럽고 반짝이는 옷감, 무지갯빛 공단 드레스, 몸에 꼭 맞는 흰 실크 원피스. 어머니의 옷장은 자매들에게는 언제나 신기한 것들로 가득하다. 어머니는 어린 내가 처음으로 보는 연한 모시로 만든 한복을 입고 있었다. 내 자매들은 어머니를 보는 것이 마지막일지도 모른다는 생각을 하면서 울고 있었고 오빠는 침울해져서 연연을 괴롭히거나 하지도 않았다. 나는 연연이 주는 흰쌀로 만든 죽을 먹었다. 가을이 깊어갔다. 아주 어렸지만 아이들은 모두가 다 알고 있었다. 어머니가 괴로워하고 있다는 것, 일하지 않고서는 더이상 먹을 것을 구하지 못하고, 세상은 어렵고 냉정하다는 것을.

"난 곧 돌아올 테니까, 더이상 아이들을 울리지 마."
어머니는 연연에게 차갑게 말하였다.

"그리고 우리 아기에게는 내가 그림을 그리러 갔다고 말하렴."

어머니는 내가 아직 말도 하지 못하는 아기라는 것을 잊었나. 아버지는 어머니가 있는 절에서 일주일을 머물다가 돌아왔다. 어머니는 아주 건강하고, 그리고 그 절이 아주 마음에 들어서 더 오랫동안 머물면서 그림을 그리고 싶어한다고 말했다. 연연이 아버지에게 물었다.

"아기는 어떻게 하나요."

"엄마가 돌아오면 이름을 지어줄 거야. 이렇게 예쁜 아기인데, 정말로 사랑스러운 이름을 갖게 될 거야."

언제나 가을이 되면 생각이 난다. 풀이 아무렇게나 무성한 뜰과 오빠가 일하는 자전거 상점. 어린 오빠는 새 자전거를 타고 아침이면 상점으로 일하러 갔다. 때로는 내 자매들이 오빠의 자전거 뒷자리에 매달리듯 올라타서 학교에 가기도 하였다. 그때 내 자매들은 자라나고 있었다. 거의 어머니처럼 키가 커졌고 머리에 꽃핀을 달기도 했다. 아버지가 집으로 돌아와서 클래스의 아이들을 상대로 물리를 가르치기로 한 것도 그때였다. 대학 진학을 원하는 남자 고등학생은 얼마 되지 않았기 때문에 아버지의 수입은 그다지 늘지 않았다. 아버지는 연연을 강원도로 돌려보내려고 생각하고 기차표를 샀었다. 연연은 부엌에서 밥을 짓다가 말없이 고개를 흔들기만 하였다. 집은 아주 추웠다. 베어낸 나무들이 길가를 따라 죽 늘어서 개울가에는 사람들이 내다버린 쓰레기가 악취를 풍기고 있다. 마을에는 빈집도 많았다.

나는 마당으로 한 걸음씩 걸어나와 한가운데로 간다. 마지막 장미나무가 꽃을 피우고 오랫동안 칠하지 않아 슬프게 색이 변한 그네가 빗물에 젖어가던 그림.

한번은 내 자매들 중 한 명이 마을 아이들에게 놀림을 당하고 돌아왔다. 마을 아이들은 심술궂고 난폭했다. 내 자매는 "우리가 엄마도 없는 아이라고 놀렸어요. 난 이곳이 싫어" 하고 외쳤다. 아버지는 대학에 남아 있는 친구에게 편지를 쓰고 있었고 연연은 아버지가 마실 차를 끓이고 있었다. 대학에 남아 있는 아버지의 친구는 오래전에 아버지에게서 얼마간의 돈을 빌렸고, 그때 아버지는 여유가 있었다고 한다. 너무나 많은 시간이 지나서 이런 말 하기는 미안하지만, 그 돈을 다시 돌려주었으면 좋겠다는 편지였다. 아버지는 일생을 아름답고 풍요로운 마음으로 살려고 했지만 그다지 일이 잘 풀리지 않았던 많은 사람들 중 한 명이었다. 귀뚜라미들이 갈라진 벽 틈에서 밤 깊도록 운다.

　다시는 볼 수 없으리라고 우리들이 모두 다 생각하고 있던
어머니는 그러나 그 가을이 다 지나기 전에 돌아왔다. 택시
에서 내리는 어머니를 보았을 때 내 자매들은 낯설어하였다
고, 오랜 시간이 지난 다음에 나는 들었다. 어머니는 나이들
고 병들어 있었다. 절로 떠나기 전보다도 더욱더 그랬다. 병
이 더이상 회복되지 않아서 예정보다 빨리 돌아왔다고 하였
다. 우리들은 이제 어머니가 더이상 없으리라는 것에 익숙해
지고 있었다. 어머니를 위해서 방에 불을 피우고 뜨거운 차
를 끓이고 귀한 흰쌀로 밥을 지었다. 가장 어린 나는 어머니
가 나에게 무슨 말인가 해주기를 기다리면서 잠든 어머니를
바라본다. 어머니는 아무런 말이 없었다. '연연을 아직도 돌
려보내지 않았구나.' 어머니는 그렇게 말하는 듯이 아버지를
보았을 뿐이다.

　"돌려보내려고 했지만, 연연이 말을 듣지 않았어. 연연은
자기 어머니를 싫어하지. 그건 너도 알잖아. 내가 더이상 어
쩔 수 있겠어. 연연을 데려가라고 연연의 어머니에게 편지를
썼었어. 두 번이나. 하지만 아무런 연락이 없고 연연의 삼촌
이 된다는 남자에게도 연락해봤지만, 자기는 아무것도 알고

있지 않고 연연의 어머니에게는 연락이 되지 않는다고 했어. 연연의 어머니는 일하고 있던 식당도 그만두었다고 들었어. 어디 있는지는 아무도 알 수가 없어."

"연연이 왜 가려고 하지 않을까."

"너무나 가난하니까."

"이제는 우리도 가난해."

그리고 어머니는 잠이 들었다. 아, 절이 너무나 근사했고 스님들의 생활이 마음에 들었어. 그곳은 조용하고 고요하지. 나는 잘못했어. 결혼하는 것이 아니었어. 잘못한 거야. 그때 출가하는 건데. 잘못된 결혼을 해서 이런 병에도 걸리고 가난해지고 꿈꾸던 화가도 되지 못했어. 이런 말도 하였다. 우리들은 마룻바닥에 나란히 앉아 어머니의 이런 말을 들으면서 잘못을 저지른 아이들처럼 방문 밖에서 숨죽이고 있었다. 우리들 때문에 어머니는 아무것도 하지 못하고 가난해졌다는 생각이 들었다. 그래서 어머니는 떠나가려 하는 것 같았다. 아버지는 우리들에게 자, 어머니가 건강해질 수 있게 모두 다 기도해야지, 하였다. 기도 같은 것은 한 번도 해본 일이 없는 아이들은 어머니를 위해서 기도하였다. 더이상 가난해지지 않도록, 어머니가 없는 아이가 된다는 것에 대한 본능적인 공포 때문에 우리들은 열심히 기도했다.

"연연이 아버지의 애인이야?"

마을 아이들에게 놀림을 받은 내 자매가 조심스럽게 물었다.

"그런 말은 하는 게 아냐."

오빠가 그릇에 담긴 밥을 먹다 말고 야단치듯이 말했다.

"하지만 아이들이 그렇게 말하는걸. 학교에 가면 언제나 그래. 우리 담임 선생님도 그랬어."

"다 거짓말이야."

"그럼 부도덕하다는 건 무슨 뜻이야? 선생님이 아이들 앞에서 그렇게 말했어. 너희 집은 부도덕하다고."

다른 자매가 젓가락으로 말린 생선을 먹으면서 핀잔을 준다.

"나에게도 다들 그런 말을 하지만 난 안 믿어. 사람들은 우리가 가난해지고 망하는 것이 즐거워서 그래. 그래서 그러는 거야."

"하지만 그렇지 않다면 왜 어머니가 아프지?"

"그건 성모님이 어머니를 데려가고 싶어서 그래."

"바보, 성모님이 어디 있다고 그래."

"오빠, 아기에게 죽을 먹여야 해."

"우리는 중학교도 못 갈 거래."

"아버지에게는 그런 말 하지 마."

"난 연연이 더 좋아."

어머니가 죽은 것은 비가 내리는 어두운 가을날 아침이었다. 잠에서 깨어난 우리들은 차가운 물에 세수를 하고 잘 말리지 않아 눅눅한 수건으로 얼굴을 닦고 아침으로 내 자매들 중의 한 명이 끓인 뜨거운 보리차와 밥을 먹고 나는 아기 침대에서 내려와 따뜻한 부엌바닥에서 방울을 찾고 있었다. 아버지는 조금은 침울해 보이기도 했지만 많이 달라 보이는 것은 아니었다. 어두운 날이었기 때문에 촛불을 밝히고 검은 옷을 입었다. 어머니가 죽는 것을 본 사람은 아무도 없었다. 관청에서 나온 사람들도 있었던 것으로 기억된다.

연연은 아침부터 보이지 않았다. 어머니의 친척은 아무도 없었고 아버지의 친구들이 찾아왔다. 깨끗하고 향기나는 여자가 와서 우리에게 과일과 과자를 주고 누군가가 나를 안아서 재워주어서 나는 기분좋게 잠이 들었다. 꿈속에서는 달콤한 죽이 커다란 솥에서 끓고 있었다. 그림책에서 본 것 같은 붉은 모자를 쓴 난쟁이들이 솥가에서 춤을 추고 있고 저 뒤편은 검은 숲이었다. 나는 난쟁이들 중 하나가 내 방울을 모자에 달고 있는 것을 보았다. 방울은 어두운 숲을 배경으로 태양처럼 반짝이고 있었다.

갑자기 검은 숲 저편에서 산처럼 많은 강물이 넘치고 있었다. 집이 강물에 떠내려가고 나는 어느새 연연의 품에 안겨 있었다. 강물 한가운데에서 연연의 가슴은 인어처럼 차가웠다. 연연이 가슴에 초록빛 방울을 달고 멀리 떠내려가고 있었다. 나는 잠이 깨고 다시 과자와 설탕을 넣은 우유를 먹고 아기 침대에 뉘였다. 비가 두껍게 쌓인 낙엽 위로 소리도 없이 스며들고 겨울장미들은 고개를 숙이고 향기가 진했다. 집 안 곳곳에 사람들이 가득차 있었다. 연연과 같이 쓰는 아기 방에는 아무도 들어오지 않았지만 마루와 비가 내리는 마당에서 사람들은 조용히 움직이며 낮은 소리로 말을 주고받았다. 어디에선가 숨죽인 울음소리가 들린다.

사람들은 핵을 두려워하고 에이즈나 전쟁이나 낯선 사람을 두려워하는 것처럼 죽음도 두려워한다. 좁고 어두운 마루의 구석에서 낯선 남자들이 방석을 깔고 화투놀이를 하고 있고 촛불을 켜놓은 부엌에서는 고깃국을 끓이는 냄새가 났다.

나의 연연은 어디에 있는가. 시간이 갈수록 비가 심하게 내리고 빗물로 얼룩진 벽이 축축해져갔다. 비 때문에 어머니의 먼 사촌 남동생이 찾아오지 못하고 있는 거라고 화투놀이 하는 낯선 남자들이 말하고 있었다.

그날의 슬픔이 어디에서 시작된 것인지는 알 수가 없다.

누구인가 나를 안고 술을 마시고 있는 사람들 앞에 데리고 나갔다.

이 아이가 연연이야. 가장 어린 아이. 자라면 언니들처럼 귀여워질 거야. 나는 연연蓮蓮이 되었다.

어머니를 위한 장례식이 채 끝나기도 전에 경찰에서 사람들이 찾아왔다. 이제는 울음소리도 없고, 검은 옷을 입은 남자들이 더러운 양말을 신은 채 술에 취해 구석방에서 잠들고, 깨끗한 양장을 입은 여자들이 음식을 치우고 난 다음이었다. 어머니는 절에 모시기로 하였다. 절을 위해서 오래전에 기부해두었던 어머니의 돈이 이때는 도움이 되었다. 어머니는 추위에 떨고 있는 작고 초라한 우리를 위해서는 아무것도 남겨두지 않았다. 거짓말처럼 아무것도 없었다. 어머니의 옷과 구두와 핸드백과 이젤과 물감과 미완성인 그림들은 모두 불태워질 것이다.

연연이 사라진 것 때문에 경찰은 아버지를 찾아왔다. 연연은 어머니가 죽은 날 새벽, 강 위쪽의 판자촌이 있는 숲에서 죽은 채로 발견되었다. 손잡이가 초록빛인 작고 단단한 정원용 도끼가 연연의 흰 가슴에 꽂혀 있었다. 판자촌의 숲에서 어린아이들이 죽는 일은 많았지만, 연연처럼 다 자란 아름다운 처녀가 죽는 일은 처음이었다. 무서운 일이 일어난 것을 마을 사람들은 이미 알고 있었지만 우리만 모르고 있었던 것이다.

아버지는 경찰에 가고 오랫동안 우리는 홀로 있었다. 양부모가 나를 데리러 왔다.

"이 아기가 연연이에요. 가장 어린 아이죠. 아직 말도 못하고 제대로 걷지도 못해요. 아기가 울면 뜨거운 햇빛 아래 내어놓으면 기분좋아하죠. 설탕을 넣은 우유로 자랐어요. 학교 선생 부부가 강원도로 여행한 다음에 데리고 온 아기예요."

양부모를 데리고 온 사람이 양부모에게 나에 대해서 말하고 있다. 오빠는 아침 일찍부터 자전거 상점으로 일하러 나가고 자매들은 나를 돌보느라 학교에 가지 못하고 있다. 양부모를 데리고 온 사람은 경찰에서 일하고 있고 아버지의 먼친척이 된다고 한다. 나는 양부모의 품에 안긴다. 아이에게도 좋은 일이 될 거예요. 다른 아이들은 내가 돌볼 수 있으니까요. 하지만 아버지의 먼 친척은 남루한 옷을 입고 솔기가 뜯긴 운동모자를 쓰고 더러운 끈 달린 운동화를 신고 있다.

피곤한 이마에 땀이 흐른다.

"그런 일이 일어날 거라고 아무도 상상도 하지 못했으니까
요. 하지만 이해할 수는 있어요. 아이들 어머니는 오랫동안
신경쇠약을 앓고 있었고 병원비로 많은 돈이 나갔어요. 아들
아이는 중학교에 가지 못했죠. 어렸을 때는 모두가 다 천사
같았어요. 그럼요. 천사 같았죠. 모두가 다 이 집을 부러워했
어요. 다른 딸들도 있어요. 그 아이들은 강원도에서 프랑스
인이 운영하는 유치원에 다녔죠. 풍요롭고 따뜻했어요. 한때
는요. 정말로 나쁜 피 같은 것은 없었죠. 오랫동안 아이들 아
버지는 시달려왔던 거죠. 사업을 벌인 친척에게 빌려준 돈은
받지 못하고, 투자한 돈은 운이 나빠서 한 푼도 건지지 못하
고 학교에서는 징계를 받았어요. 나쁜 소문들 때문이죠. 시
골 사람들과 어울리지 못하고 있었던 거죠. 슬픈 일이죠. 하
지만 정말로 착한 사람이었어요."

"하지만 무서운 일이에요."

단발머리를 하고 재색 원피스를 입은 양어머니가 말한다.

"정말 무서운 일이죠. 아이들을 키우는 사람이라면 생각도
못하는 일이죠."

"그래도 남자는 선량한 사람이었나봐요. 조카를 키우고 있
었잖아요."

키가 작고 회색빛 양복을 입은 남자는 양아버지이고 부동산업을 하고 있다. 모양이 투박한 검은 자동차가 마당에 서 있고 젖은 흙이 부드럽게 깔린 길을 따라 바람이 불어오고 있었다. 아버지의 먼 친척은 운동모자를 벗고 굵은 주름이 진 이마에 흐르는 땀을 닦는다. 겉으로 말하지는 않았지만 아버지의 먼 친척은 학교에 다녀야 할 세 명의 큰 아이들 외에 아직 걷지도 못하는 또하나의 아이를 떠맡게 될까봐 많이 걱정하고 있었다. 그는 술을 좋아하고 가난하게 살아왔다. 자신에게는 언제나 가장 나쁜 일만 일어난다고 오래전부터 굳게 믿고 있는 사람 중의 한 명이었다. 아버지의 먼 친척은 찌그러진 모자를 펴서 바로 쓰고는 다시 한번 말한다.

"나쁜 피 같은 것은 정말로 없어요. 나는 알아요. 아무것도 아닌 소동으로 결국은 끝날 겁니다. 별로 확실한 증거도 없고 아직 재판은 시작도 하지 않았으니까요. 이 아기는 그리고 아무것도 알지 못하죠. 이렇게 어린아이가 무엇을 알 수 있겠어요. 본 것도 들은 것도 없이 아기는 순진무구하죠. 천사같이, 맞아요, 천사, 바로 그거죠. 이 귀여운 얼굴을 좀 보세요. 좋은 환경에서 자라게 되면."

아버지의 먼 친척은 마침내 양어머니를 완전히 만족시켰다는 생각이 들 때까지 말을 계속한다. 내 두 자매가 부엌에서 식은밥을 먹고 있다. 오빠가 언제 돌아올까, 길 아래를 내려다보면서. 이제는 어머니를 찾아 절로 가는 일도 없으리라. 번쩍이는 촛불 밑에서 기도하거나 그림을 그리려고 개울가에서 한낮을 보내는 어머니를 문득 만나게 되지도 않으리라.

"다른 아이들은 어떻게 되나요."

자동차에 타기 전에 양어머니는 아버지의 먼 친척에게 묻는다.

"다른 양부모가 나타나지 않으면, 그럴 가능성이 아주 많지만요, 내가 데리고 있게 되겠죠. 아무래도 그 아이들은 자랐고 요람에 있는 아기와는 많이 다르죠. 난 이미 아이들이 있고 또 오랜 실직 생활중에 있다가 얼마 전에 이곳에서 일자리를 얻었기 때문에 그다지 여유 있는 편은 아니지만, 그래도 아이들 아버지와 나는 증조할머니가 같은걸요. 우리 어머니는 언제나 증조할머니 얘기를 했죠. 우리 어머니를 이화학당으로 보낸 분이죠. 그분은 한국전쟁 때 신의주에 남았어요. 그래서 친척이라고 할 만한 사람은 별로 없어요. 아, 아이들 아버지의 가족은 한국전쟁 이후 계속 부산에서 살고 있었죠. 하지만 학교 선생이 결혼한 후에 형제들은 재산을 나누어가지고 뿔뿔이 흩어지고 하나뿐인 여동생은 수녀가 되었죠. 어디에 살고 있는지 아무도 몰라요. 연락할 수가 없어요."

양아버지는 아버지의 먼 친척에게 봉투에 든 돈을 건네주었다. 자동차가 개울가로 난 바람 부는 길을 따라 출발한다. 먼 곳에 보이는 슬픈 자전거 상점. 상류로 올라가면 전쟁 피난민들의 판자촌이 있고 연연이 죽은 강가의 숲이 있다. 아버지의 먼 친척은 내 두 자매들의 손을 잡고 부엌에서 데리고 나와 마당의 그네 곁에 세운다.

"자, 이제 아기가 가는 거야. 안녕, 하고 말해야지. 아마 다시는 볼 수 없을 거다."
"아기는 어디로 가는 거야?"
어린 자매가 묻는다.
"원래 온 곳으로 가는 거야."
좀더 나이 많은 자매가 말해준다.
"원래 온 곳이 어딘데?"
"넌 벌써 잊었니? 아기는 다른 곳에서 왔잖아."

아버지의 먼 친척은 내 두 자매들에게 금방 만든 빵을 사주기로 약속한다. 마을의 경찰은 연연의 죽음에 대한 사건을 종결하고 남자고등학교는 나쁜 소문이 없는 새로운 젊은 물리 선생을 고용한다. 그리고 얼마간 후에 마을에 가벼운 지진이 있었다. 깊은 밤에 나무침대가 살짝 흔들릴 정도의 지진이다. 찬장에 가지런히 세워둔 물컵과 국그릇이 부엌 바닥으로 떨어졌다. 숲으로 가는 길에 많은 바람이 불고 검은 나뭇잎에 길이 덮였다.

그 밤에 자전거를 타고 집으로 돌아가던 사람들은 강물이 사납게 흔들리는 것이 바람 때문이라고 생각하였다. 사람들은 얼마 전에 있었던 살인 사건을 생각하고 기분이 좋지 않았다. 그래서 어두운 밤에는 강가의 숲으로 가고 싶어하지 않았다. 내 자매들도 지진을 느꼈다. 그들은 너무나 배가 고파서 땅이 흔들리는 것처럼 느껴진다고 생각했다. 찬장에는 마른 빵 한 조각 남아 있지 않고 말린 살구나 건포도 쿠키가 든 과자상자는 쥐들이 점령해버린 지 오래이다. 오빠는 언제나 아침이면 은행에 들러서 조금 남아 있는 아버지의 돈을 찾아오겠다고 약속하지만, 그것도 오래전 일이다. 지진은 내 자매들의 짧은 일생 동안 계속되었다.

양어머니에게 자라나면서 나는 계속해서 자랑스러운 딸이었다. 양어머니가 눈이 어두워지고 오빠들이 다 결혼해버리고 나면 나와 함께 이집트나 인도를 여행하면서 노년을 보내는 것이 양어머니의 가장 소중하고 화려한 꿈이었다. 하지만 인도나 이집트의 나일강, 텔레비전과 책에서만 본 그런 것들이 정말로 실체로 존재하는 것인가, 양어머니는 가끔 궁금해했다. 자식들과의 복닥거림이 없는 노년이란, 그것이 선택에 의한 것이라 해도 어쩐지 알 수 없이 낯설고 죄의식이 느껴진다. 그리고 양어머니가 바랐던 나의 결혼, 양어머니도 같이 좋아할 수 있는 건강하고 유쾌한 인상의 남자. 그런 순진한 양어머니를 내가 만족시켜주지 못한 것에 대해서 문득문득 마음에 바늘로 찌르는 것 같은 통증을 느낀다. 언제나 잘해드리고 싶었는데. 정말 엄마로 생각하고 있었다고, 절대로 내가 데려온 아이라서 그랬던 것은 아니라고, 달려가서 병들어 누워 있는 침대 곁에서 말해주고 싶었다. 양아버지와 오빠들에게도. 내가 남자와 같이 살고 있는 동안에 양어머니는 양아버지와 이혼하고 암에 걸려서 자리에 눕고 그리고 마침내는 오빠들의 집을 나와 경기도의 유료 양로원에서 쓸쓸하게 죽었다.

내가 그와 같이 살게 된 것을 알았을 때, 자라면서 부모님의 사랑을 나에게 빼앗겨 불평이 많았던 오빠들은 기세등등해서, "그것 봐. 나쁜 피는 어쩔 수 없다니까. 엄마가 잘못 기른 거야" 하고 떠들어댔다. 그래도 가끔은 보고 싶은 오빠들. 가족이란 그런 것인가.

조금 철이 들 무렵에 나는 양부모님에게서 내가 입양되었다는 것을 자연스럽게 들으면서 자랐다. 나는 아주 처음부터 익숙하게 받아들였다. 심술궂었지만 때로는 그늘이 되어주었던 오빠들과 나도 남들처럼 안정되고 정상적인 사회인이라고 생각할 수 있게 되는 집. 내가 연연이 되기 전에는 이 세상은 구름에 휩싸인 여름날 하늘처럼 과격하고 불안했다. 비정상적인 일상. 소외되고 불안하다는 느낌. 아직도 몽롱한 꿈에서 깨어나지 않았다는 것을 알면서 계속 그 꿈속에 머물러 있는 상태. 나는 더 많이 자라서야 환각에서 벗어났다. 양부모님에게 언제나 감사하고 있다는 것을 말하지 못하고 떠나게 되어 아쉽다.

내 어머니의 처녀 때 이름은 미령이었다. 어머니에게는 더 나이가 많은 언니와 어린 남동생이 있었지만 남동생은 채 자라지 못하고 열병으로 죽었다. 미령이 고등학교 물리 교사가 된, 내 아버지와 결혼하기 전의 일에 대해서 자세히 알려진 것은 없다. 미령의 아버지는 한국전쟁 때 부산으로 피난 온 사람들 중 하나였고 그래서 친척도 별로 없었다. 처음에 횡성에 살고 있을 때 집안에서 내려오는 가족앨범에 아버지는 학생복을 입은 낯설고 키 큰 남자아이로 희미하게 남아 있을 뿐이다. 미령에 대한 이야기는 미술대학에 다니고 있었던 여자아이의 모습으로 시작한다.

미령의 아버지는 시장에서 건어물상을 해서, 운이 좋았다기보다는 부지런하고 잔눈치가 빨라서 돈을 모은 사람들 중의 하나였다. 하지만 미령이 대학을 졸업할 무렵에는 집안의 내력인 질병으로 미령의 아버지는 오랜 병중에 죽고 두번째 부인인 미령의 어머니는 앞으로 다가올 가난에 대한 공포 때문에 시달리고 있었다. 미령은 대학시절 내내, 언젠가 화려한 화가가 되어 뭔가 다른 핏줄로 살아가리라 막연히 생각하고 있었다. 미령은 자기 부모가 자기와는 어울리지 않는다는 것을 알고 있었다. 장사하는 일로 일생을 늙어와서 잔푼돈의 셈에 민감한 그런 사람들 말이다. 물론 부모를 사랑하지만, 그래, 사랑하지 않는 것은 아니다. 그렇지만 그런 삶으로 어울려서 살기에는 미령은 너무나 달랐다. 사람들은 길에다 아무렇게나 침을 뱉고, 시장 여자들은 촌스럽고 우악스러운 말투를 쓰고 젊은 여자들은 집에서 재봉일을 배우면서 딱딱거리며 껌을 씹고 싸구려 향수를 뿌리고 다녔다. 사람들은 하나 더하기 하나가 둘인 줄만 알지 그 이상의 다른 것은 상상하기도 싫어하였다. 언제나 곗돈 얘기 아니면 남녀가 선보는 이야기, 시장터에 사놓은 가겟세가 올랐다는 그런 말들뿐

46

이었다. 그것이 전부인 인생이었다. 미령은 다른 삶이 자기에게만은 가능하리라 느꼈다. 돈 같은 것에 너무 연연해하지 않으면서 샤갈의 그림처럼 살아갈 수 있으리라고.

미령은 매력 있는 여자아이로 자라났다. 대학에서 한때는 퀸으로 뽑힌 적도 있었고 야구팀을 위해서 치어리더로도 일했었다. 별로 아르바이트를 하지 않아도 되었던 미령의 곁에는 뭔가를 도와주려는 남자친구들이 언제나 있었다. 하지만 대학을 졸업하고 현실이 눈앞에 다가왔을 때, 미령은 당장 돈을 벌지 않으면 결혼할 때 낡은 속옷밖에는 가져갈 것이 없게 된다는 어머니의 말을 듣게 된다. 그것은 아주 속물스러운 말이었지만 미령은 당장은 어쩔 수가 없다는 것을 알게 된다. 미령과 가까운 친구들 중 누구도 직업을 구한 아이가 없었다. 여자고등학교의 미술 선생으로 취직하는 것은 아무도 아는 사람이 없는 미령에게는 불가능한 일이었다. 미령은 화려한 교제를 했었다. 남자아이들도 많이 알고 있었다. 그렇지만 특별하게 연인관계였던 아이는 없었고 모두가 다 미령을 추종하고는 있었지만 감히 누구도 미령에게 프러포즈하거나 하지는 않았다. 그래서 미령은 어느 날 갑자기 혼자가 되었다는 기분을 느낀다. 남자아이들은 은행원이 되거나 대학에서 조교생활을 하거나 아니면 졸업해서도 반정부

운동을 계속하거나 작은 무역회사의 영업사원으로 일하거나 아니면 가장 많은 아이들이 고급 실업자가 되었다. 먼 곳에서 미령을 바라보고 감탄하던 남자아이들은 미령을 어디인가 알 수도 없는 먼 곳에서 살고 있는 천사처럼 생각한다. 미령은 간혹 미술학원에서 아르바이트를 하고 대학원에서 수업을 듣는다. 시장에서는 어머니가 상점을 지키고 있고 집안은 쓸쓸하다. 미령은 신입생이던 남자아이를 만나게 되고 그 남자아이가 미령에게 빠지게 된 것을 안다.

처음에, 다른 사람들처럼 미령도 남자아이를 어린아이라고 생각하려고 애썼다. 하지만 미령은 안다. 정말 깊은 마음속으로는 그렇지 않다는 것을. 남자아이는 깨끗하고 친절하였다. 무엇보다도 남자아이는 미령이 다른 아이들과 다르다는 것을 인정해주고 사랑하였다. 어려움도 있었다. 미령은 더이상 학교에 남아 있을 수 없고 남자아이의 부모는 도움을 주기를 차갑게 거절했다. 미령은 점점 더 남자아이에게 의지하게 되고 그 아이가 없는 세상이란 상상할 수도 없다고 느낀다. 남자아이는 그 당시 아이들과는 다르게 머리를 군인처럼 짧게 하고 미령에게 밤의 산책을 나가자고 찾아왔다. 밤의 산책은 길었다. 미령과 남자아이는 손을 잡고 미령의 집이 있는 시장길을 지나 백사장이 있는 강으로 갔다. 밤이 깊어서 이제 곧 통행금지 시간이 될 때였다. 서로 사랑하고 있었지만 그걸 입 밖으로 꺼내어 현실 속으로 내던지는 것이 무서웠다. 결혼은 더욱 그랬다.

"미령, 내가 학교를 마칠 때까지 기다려달라고 하면 너에게는 너무 큰 짐이 되겠지. 난 그걸 알아. 그건 우리를 헤어지게 하는 거야."

"난 너와 결혼할 수 없어. 그건 아주 힘든 일이야. 지금도 그렇고 네가 대학을 졸업한 후에는 더욱 그래."

하지만 말이란 너무나 나약하고 믿을 수 없다. 마음속에서 소용돌이치는 검은 바람, 창백하고 싸늘한 자포자기와 과격해지는 충동. 미령은 무엇인지 모르게 마음속에서 끌려들어가는 힘에 반역하고 싶지 않다. 달이 영원히 지구를 떠나지 않는 것처럼 미령은 일생 동안 충동에서 벗어날 수 없으리라는 것을 느낀다. 한없이 불안하고도 매혹적인 기분이었다. "마치 아이가 셋 딸린 남자와 결혼하는 기분이야" 하고 미령은 강원도에 시집가 있는 언니에게 편지를 썼다.

미령에게는 나이차가 많이 지는 언니가 한 명 있었다. 미령의 아버지는 횡성에서 살 때 이른 결혼을 하였는데 정확하지 않은 이유로 그 첫번째 결혼은 계속되지 못했다. 첫번째 부인이었던 미령의 언니의 어머니는 무슨 나쁜 병이 있었다고도 하고 무서운 발작을 일으켰다고도 하였다. 미령의 언니는 미령과 함께 자라다가 재가한 어머니의 집이 있는 강원도로 돌아가서 그곳에서 결혼하였다. 미령의 언니는 학교를 다니지 않았다. 언니에 대한 기억은 희미하다. 그녀가 얼마나 아름다운지 아니면 머리칼은 진한 검은색인지 연한 갈색인지, 팔이 하얗고 단단한지 아니면 부드럽고 가냘픈 몸을 가졌는지.

미령은 언니가 결혼한 후로 일 년에 한 번 정도 언니에게 편지를 썼다. 아버지는 미령의 언니에게 돈을 보내주고 있어서, 미령은 편지의 말미에 언니, 아버지가 돈을 보냈어요, 아이들을 유치원에 보내야겠죠. 이제 추운 겨울이니 따뜻한 털코트를 사 입히세요, 하고 쓰곤 하였다. 미령은 언니가 결혼한 남자에 대해서 아무것도 아는 것이 없고 일생 동안 만난 적이 없지만, 그가 한국전쟁에 참전했다가 다리를 절게 된 불구이고 나이가 거의 아버지만큼 많은데다가 술을 입에 대기만 하면 도저히 감당할 수 없는 폭군이 되는 남자라는 것은 알고 있었다.

미령은 언니에게 편지 쓰는 일을 오랫동안 맡아서 해오면서 그녀에 대해 생각하게 되었다. 어렴풋하게 생각나는 언니. 정식 이름은 모령이지만 어렸을 때 집에서는 아모라고 불렀다. 아모는 한국전쟁 때 중국군을 따라서 사라져버린, 언니의 어머니의 먼 친척이 되는 어느 중국 여인의 이름이었다고 한다. 미령은 언니에게 편지를 쓴다.

"아모 언니. 나, 결혼하려고 해요."

언제나와 좀 다르게 미령은 편지를 시작한다.

"아모 언니. 그 남자는 검고 윤기나는 머리칼과 조각 같은 이마를 갖고 있어요. 나이가 많이 어려서 그동안 망설이고 있었지만, 나 잘할 수 있을 것 같아. 이 세상에는 그냥 아이를 낳고 평범하게 살아가는 것 이상의 무언가가 있다는 생각이 들어요. 그 남자는 내 생각을 많이 존중해주거든요. 우리에게 조금 더 많은 돈이 있었으면 아주 멋있게 시작할 수 있겠지만 아직은 기다려야 해요. 남자는 아직도 학교에 다니고 있고 그동안 내가 직장을 다니기로 했어요. 언니, 나 화가가 될 거야. 그동안은 그냥 멋있어 보인다는 느낌으로 동경했지만 이제 내 생각을 가지고, 내 인생을 확실하게 살아야겠다는 결심을 했어요. 이제는 아이가 아닌걸. 사실은 언니, 나 이제 두려워져요. 어머니는 나 같은 처녀아이에겐 좋은 일만 일어나는 법이라고 하지만."

미령은 펜을 멈추고 잠시 생각에 잠긴다. 어머니는 아모 언니에게 심하게 대했던 것 같다. 자세히 기억나지는 않지만, 어머니는 아모 언니를 좋아하지 않았다. 아버지가 아모 언니를 많이 사랑했기 때문일 것이다. 어머니가 아모 언니를 좋아하지 않았던 것은 아모 언니가 친딸이 아니어서가 아니고 아모 언니에 대한 아버지의 연민 때문이다. 아모 언니는 집에 있는 동안 한 번도 새옷을 입거나 맛있는 과자를 먹은 일이 없다. 언제나 미령이 가지고 남은 것만을 가졌다. 미령의 방을 청소하거나 김치를 담그고 한겨울에 빨래하는 일 같은 것은 아모 언니의 일이었다.

"그리고 아이 같은 것은 낳지 않고 일생을 살겠어요. 언니에게 아이가 많이 있다는 것은 알지만 나는 달라요. 남자는 아마 학교를 마치고 나면 대학에서 가르치게 될 것 같아요. 아주 똑똑한 아이거든요. 그 남자는 나에게 완전히 빠져 있으니까, 지금 이 순간만은 완벽하게 행복하다고 할 수 있어요. 커다란 집에 수채화를 걸어놓고 집 없는 아이들을 위해서 전시회를 열겠어요."

미령은 아모 언니에 대해서 생각할 때면 언제나 집 없는 아이들이 생각난다. 집 없는 아이들은 외롭다. 아모 언니처럼.

"언니, 이제 아버지가 언니 앞으로 남겨놓은 돈을 모두 보내드리겠어요. 아버지는 마지막까지 언니에 대해서 많이 염

려했어요. 더 도와주지 못하는 것에 대해서 미안해했어요. 우리는 이제 옛날과 많이 달라요. 더이상 은행에 돈을 넣어 놓고 사는 형편이 아니죠. 그래도 아버지가 언니 앞으로 해 놓은 것에 대해서는, 건드리지 않기로 어머니와 합의했어요. 어머니는 걱정하죠. 내가 결혼하려면 많은 돈이 필요할 거라고 하면서요. 하지만 내 생각은 달라요. 아이들과 함께 살아가자면 아마 언니는 아주 절약해야 하겠죠. 난 너그러워지자고 어머니를 설득했어요."

하지만 미령이나 그 어머니도 모령에게 오랫동안 보낸 돈이 모두 모령의 남편 손에 들어갔다는 것은 생각하지 못했다. 모령은 거친 일을 하고 번 돈으로 아이들과 먹을 양식을 사기도 바빴다. 모령은 글을 몰랐다. 모든 일생 동안 학교를 다녀본 일이 없기 때문이다. 미령에게서 편지가 오면 모령의 남편은 천천히 침을 발라가며 편지지를 넘기고 중요한 부분만 골라서 읽어주었다. 모령은 편지를 받는 것이 황홀해서, 그 아이가 날 잊지 않고 있어요. 참 고마운 아이죠, 하고 감탄하고는 했다.

모령의 남편은 죽을 때까지 술을 끊지 못하다가 바다에서 죽었다. 모령에게 남긴 것은 첫번째 부인과의 사이에 낳은 세 명의 아이들과 병을 앓는 큰딸과 이미 죽어버린 두 아이의 무덤과 가장 나이가 어린 사내아이와 연연, 얼마간의 빚과 마을에서 떨어진 산기슭에 있는 방 하나짜리 집이었다. 모령이 낳은 한 아이는 태어난 지 일 년이 채 되지 않아 홍역으로 죽었고 또다른 아이는 술 취한 군인들이 마을로 찾아와 코뮤니스트들을 수색할 때 총에 맞아 죽었다. 서울에서 조금만 벗어나면 아직도 전쟁의 냄새가 자욱하게 온 길에 덮여 있었다. 모령은 남편이 죽은 다음에 더욱 살기가 어려워졌다. 감자나 옥수수나 산나물을 구할 수 없는 겨울에는 더욱 그랬다. 모령은 강릉에 있는 유치원의 식모로 일자리를 구하고 유치원 일이 없을 때는 부두에 있는 식당에서 일을 한다. 부두에 있는 식당은 선원들에게 술을 팔기도 하고 생선을 끓여 팔기도 하였다.

연연이 처음에 서울로 왔을 때 미령은 연연이 열 살 정도밖에 되지 않았다고 생각했다.

"시골에서 자랐는데도 아주 하얗고 조그만 아이야."

미령은 연연을 위해서 영양 있는 것을 먹이고 옷을 사 입혔다. 미령의 아이들은 아직 어리고 아기 침대에서 조물거리고 있었다. 미령의 남자는 대학을 마치고 더이상 공부를 계속하지 못하고 고등학교에 일자리를 구해 있었다. 미령이 아기를 낳게 되자 더이상 직장을 다니지 못하고 당장 돈이 필요했기 때문이다. 미령은 아이를 낳게 된 것, 그래서 남자의 계획이 모두 처음부터 달라진 것에 대해서 후회하는 마음이 많았다.

"정말로 내가 바랐던 것은 이런 것이 아니었어. 봐, 아무런 열정도 없고 희망도 없어. 난 그냥 하루하루를 힘들게 살아나가고 있을 뿐이야. 그래도 나, 강퍅해지기는 싫어. 그건 추한 일이야. 내 아이들, 내 남편에게 사랑스러운 이미지로 남아 있고 싶은걸."

그건 정말로 미령의 마지막 소망이었다. 미령과 그 남편에 대해서 알고 있는 몇몇의 사람들은 그들 부부가 처음에 얼마나 다정하고 가난한 비둘기 같았나 기억한다. 어린아이들이 생기고 값싸고 여유 있는 집을 구할 수 있는 강가의 변두리 마을로 이사를 가고 그리고 어린 연연이 그들의 집으로 온다.

모령은 연연을 영원히 보내고 싶지는 않았을 것이다. 미령은 모령을 언젠가 찾아가겠다고, 연연이 아름다운 처녀가 될 때까지 곁에서 기르겠다고 약속하는 편지를 쓴다. 연연이 배다른 형제자매들에게 괴롭힘을 당하고 있는 것을 보호하려고 연연을 서울로 보낸 것이라고 미령은 생각한다. 연연은 아이들을 돌보고 미령을 도와 집안일을 하고 아직도 대학생처럼 보이는 미령의 남자에게 커피를 끓여준다.

저녁이면 미령과 미령의 젊은 남자는 어린아이들을 연연에게 맡기고 강가의 숲으로 산책을 간다. 붉은 석양이 강에 내려앉고 밥 짓는 연기 냄새와 호박밭에서 날아드는 한낮 꿀벌의 잉잉거림이 가득하게 남아 있는 저녁이다. 전쟁이 끝난 지 몇 년이나 지났지만, 아직도 사람들에게 가난하고 슬픈 이야기가 생생하게 들려오는 때다. 미령은 남자를 만나서 안도감을 느끼고 따뜻한 흰쌀밥을 먹을 수 있는 것에 안도하고 아이들을 기를 수 있는 것에 대해서 안도한다. 미령이 아이들을 원해서, 그래서 안도하고 기뻐하는 것은 아니다. 미령은 안도하고 있는 자기 자신에 대해서 즐거워한다. 저녁 숲의 산책도 즐겁다. 미령은 아직도 아름답고 노동하지 않아도 살 수가 있다. 아버지가 남겨준 미령의 통장에는 그래도 아직 얼마간의 돈이 있다. 사람이 영원히 변하지 않는다면, 시간은 고정되어 있는 것이나 같다.

미령은 처음부터 괴로워한다. 오래된 꿈속에서 헤어나오지 못하고 끊임없이 꿈을 잊지 못하는 미령이다.

"내가 죽으면," 미령은 남자에게 말한다. "넌 내 남편이잖

아. 우리는 가족이야. 아니 가족보다 더한 무엇이야. 내가 죽은 이후의 일도 나에게 말해주어야 해. 내가 더 미워지고 더 이상 사람들이 길 가는 나를 뒤돌아보지도 않고 마침내 내가 죽으면 너는 어떻게 하겠니."

"미령아, 넌 나보다 더 오래 살 거야. 뭐하러 그런 이야기를 하니."

"난 내가 아주 행복한지, 아니면 더할 수 없는 지옥에 있는 것인지 잘 알 수가 없어. 난 이제 행복하지만, 그건 끝이야. 다음 페이지가 없는 동화책이라고. 과자로 만든 집에서 아이들이 행복하게 살았습니다, 하는 식이잖아. 그다음에 어떻게 되었을까. 내 죽음 이후에는. 사실 난 모르는 것이 많아. 네가 학교에서 어떻게 살아가는지, 대부분의 시간을 그곳에서 보내잖아. 어렸을 때는 어땠는지, 밤에는 어떤 꿈을 꾸는지. 아주 사소한 일에 가슴이 아파. 내가 영원히 모르고 지나가버릴 그런 일들."

미령의 남자의 흰 셔츠는 다림질한 지 오래되어 구김이 가고 한 벌뿐인 바지는 얼룩이 졌다. 셔츠 소매의 단추는 떨어져나간 지 오래되었고 남자는 몇 달 전부터 하드커버의 시리즈인 물리학 에세이책을 사려고 돈을 모으고 있지만 잘 되지 않는다. 남자는 갑자기 미령에게 이런 말들을 해보고 싶다.

남자가 미령에게 어떤 불만이 있는 것은 아니다. 남자의 아주 일상적인 불평에도 미령은 예민하기 때문에 남자는 말하지 않기로 한다. 참을 수 있는 사소한 일상의 문제였던 것이다.

"연연을 어머니에게 돌려보내야 한다고 생각해, 난."

미령을 사랑하고 있는 남자는 말한다.

"언제까지나 이곳에서 식모처럼 있을 수는 없잖아. 아직 어린아이야. 아무리 가난해도 어머니 곁에 있는 것이 좋아."

"그렇지 않아. 아직은 아냐. 언니는 지친 거야. 내가 연연을 데리고 있는 것이 도와주는 것이라고 생각해."

미령은 집으로 돌아오는 어두운 숲길에서 강물 소리에 귀 기울인다.

"언젠가 아모 언니를 찾아갈 거야. 언니는 남편이 죽어서 슬퍼하고 있을 거고 난 언니를 위로할 거야."

전쟁이 한창일 때에 강가의 숲에서는 많은 군인이 죽었다. 아직도 그때의 일을 기억하는 사람이 많다. 전쟁의 피해에서 비켜간 미령과 미령의 남자는 천천히 숲을 산책한다. 여름의 산책이란 얼마나 멋진가, 비가 내린 다음은. 강 저편에는 새로 지은 남자고등학교 건물과 전쟁 때 불타버린 채 그대로 있는 관공서 건물과 그리고 낮은 지붕의 판잣집들이 끝도 없이 보인다. 사람들은 나무를 베어 밥을 짓고 강 상류에서 고기를 잡기도 했다. 강에서 잡히는 물고기는 등이 엷은 금빛이고 비린 맛이 났다. 그래도 미령은 물고기를 잡는 사람들에게 물고기를 사는 것을 좋아했다. 물고기에 기름을 바르고 팬에 구워서 먹거나 무와 고추장을 넣고 오래 끓인다. 가정이라는 것의 평화로움이 미령을 다시 한번 안도하게 한다.

모령이 마지막 아기를 임신한 것에 신경쓰기 시작한 것은 배가 불러와 더이상은 감출 수 없게 됐을 때였다. "이제 또 아기를 낳아야 한다면 난 죽을 거야" 하고 모령은 생각한다. 일하러 나가야 하는 것도 신경쓰였다. 남편의 큰아이는 직업군인이 되어 집을 떠나 있고 작은아이는 일 년 뒤면 농업학교를 마칠 것이다. 연연보다 어린 딸아이와 더 작은 사내아이가 둘 있었다.

모령이 낳은 큰딸아이는 중학교를 졸업하고 강릉 시내 은행에 직장을 잡았지만 곧 이름 모를 병이 들었다. 직장을 그만두고 의사를 찾아갔지만 머리카락이 빠지고 뺨이 거칠어지는 병은 낫지 않았다. 모령의 아버지도 비슷한 병을 오래 앓다가 죽었다. 그것은 집안의 오래된 병이라고 했었다. 모령은 딸아이를 데리고 마지막으로 절을 찾아갔다. 절에서 큰딸아이는 일 년 동안 앓던 병이 나아가고, 얼굴에도 살이 오르고 갈퀴 같던 손발에도 기운이 올랐다. 절에서 큰딸아이는 회색 옷을 입고 흰 고무신을 신고 우물물을 길어 밥을 짓고 강가의 얼음을 깨고 빨래를 한다.

"엄마, 난 이곳에 있을래. 절에서 나가면 다시 아플 거야."

마지막으로 찾아갔던 모령에게 큰딸아이는 이렇게 말하고 컴컴한 마루에 앉아 놋그릇을 닦았다. 제사 때 쓰는 것이다.

"엄마, 연연을 서울로 보내요. 나 자꾸 뭔가가 보여, 눈앞이 어지러웠어. 그게 연연이야. 그 아인 아직 어리니까, 나처럼 되지 않으려면. 이곳에 있으면 연연도 병이 들어요. 그리고 엄마, 그 아이를 잊으세요."

모령은 그런 것을 어떻게 알 수 있느냐고, 부처님에게 비는 듯한 마음으로 큰딸아이에게 물었다.

"엄마, 말했잖아. 난 자꾸 뭔가가 보여서 아주 괴로웠어. 이곳에서는 깊은 산에 떠도는 것, 수없이 보이는 것들을 무서워하지 않아. 보이는 것은 죽은 사람의 얼굴이기도 하고 아직 태어나지도 않은 사람이기도 하죠. 연연이 그중에 있어요."

큰딸아이는 절을 찾아오는 사람들에게 점을 봐주기도 하였다. 가끔 열이 많이 났지만 산을 내려오려고 하지는 않았다. 큰딸아이는 열아홉 살이 될 때까지 절에서 살다가 죽었다. 모령은 어린 연연을 기차에 태워 내 어머니에게로 보낸다. 모령의 배가 불러오기 시작한 때였다.

모령이 유치원 일을 해서 혼자 살아가야 하는 거라면, 그다지 걱정하지 않고 살아갈 수 있었을 것이다. 옆 마을에서 홀로 살고 있는 모령의 남편의 어머니가 병들어 앓아누워 있고 아이들의 학비도 만만하지 않았다. 모령의 손톱은 갈라지고 겨울이면 산에서 불어오는 바람이 모령의 머리칼을 시들게 한다. 모령은 건강한 편이었고 평생 동안 노동하는 삶을 살았고 힘든 일을 두려워하지 않았다. 아이 낳는 일도 마찬가지였다.

"하지만 이제 내 나이도 마흔이야."

모령은 가슴에 건조한 찬바람이 부는 것을 느낀다.

"마흔이라는 것은 더이상 새벽부터 늦은 밤까지 닥치는 대로 일하기에는 힘이 부칠 때가 되었다는 뜻이지. 게다가 난 아이를 너무 많이 낳았어."

큰딸아이가 죽은 다음에 모령은 기운이 많이 빠져나간 것을 느낀다. 큰딸아이는 마지막 열이 올라서 얼굴이 활짝 핀 꽃처럼 붉어졌을 때 모령에게 말하였다.

"엄마, 아마 또다시 아기를 낳으려나봐요."

모령은 그때 마흔 살이었다. 아기는 봄비에 걷잡을 수 없이 자라나는 싱싱한 초록빛 식물처럼 뱃속에서 꿈틀대었다. 원래는 가냘픈 편인 몸매의 모령이었지만 많은 아이들을 낳는 중에 모령의 몸에는 둔한 군살이 찌고 밤낮 없이 노동을 하느라 모령의 어깨는 벌어졌다. 겨울 내내 얼음을 깨고 빨래를 하는 모령의 손등에는 굵은 핏줄이 드러났다. 모령이 낳은 아이들 중의 세 명이 모두 태어나자마자 죽거나 이름도 짓지 않은 어린 시절에 죽어갔다. 모령은 큰딸아이를 스무살이 갓 넘었을 때 집에서 산파를 데려다 낳았고 버스를 타고 읍내로 나가 그때 새로 생긴 조산원에서 연연과 그 동생들을 낳았다. 버스가 흔들릴 때마다 연연은 비명을 지를 듯이 모령의 내장에 매달렸었다. 모령은 이제는 이 모든 것에 자신이 없었다.

사람들이 뭐라고들 하고 있을까. 남편은 난폭했지만 의심하거나 교활한 성격은 아니었다. 모령이 원해서 임신한 적은 한 번도 없었다. 남편이 죽은 지 몇 년이나 지나서 이제 아기를 낳는다면. 어쩌면 이 가족의 유일한 생계 수단인 유치원 일자리도 잃게 될지도 몰랐다. 모령은 불빛 하나 없는 진창의 마을길을 걸어서 집으로 걸어들어온다. 아직 아무도 집으로 돌아오지는 않았다. 피부병에 걸려 털이 빠진 흰 개가 어두움이 바다처럼 깊은 마당 한 가운데에서 빈 밥그릇을 핥다가 컹컹 짖어댄다.

서울로 떠나가기 전 연연은, 이때쯤이면 장작을 때 밥을 지어놓고 흰 개의 밥그릇에 물을 부어놓고 유치원에서 돌아오는 모령을 기다리고 있곤 하였다. 검은 모기가 가녀린 연연의 온 어깨에 붙어 있어도 연연은 어두운 마당 한가운데 흰 개의 곁에 앉아서 모령을 기다리고 있었다. 피부병에 걸린 흰 개는 곧 죽을 듯이 울어댄다. 흰 개는 산에서 독풀을 먹고 병에 걸렸다. 여름이 깊어가도 마을 사람들은 개를 훔쳐다가 잡아먹으려고 하지 않았다. 친구가 없는 연연은 흰 개를 사랑했다. 산 위에 있는 개울에 개를 목욕시키면 병이 나으리라고 해서 매일 뜨거운 햇빛의 숲을 헤치고 산으로 올라가 한여름에도 얼음처럼 차가운 개울에서 목욕을 시켰다. 모령이 하루종일 집을 떠나 있는 동안 연연은 산속의 개울에서 목욕을 하고 또 한다. 어쩌다 마을 아이들이 열매를 따먹으러 그곳까지 올라오면 연연은 개울가 바위 사이로 몸을 숨겼다. 연연의 흰 얼굴과 검은 눈동자가 붉은 나뭇잎 사이에서 빤히 쳐다보고 있으면 아이들은 놀라서 산을 뛰어내려가며 전쟁 때 살해된 여자아이의 유령이 나타났다고 부모들에게 말했다. 모령은 다시는 보지 못하게 될 연연이 가끔 그리웠다.

모령은 배를 강하게 동여매고 집 뒤의 텃밭에서 일을 했다. 더운 날이어서 땀이 쉴새없이 흘러내리고 아침부터 아무것도 먹지 않아서 현기증이 났다. 그래도 모령은 참았다. 생선을 말리기 위해 지붕에 얹어놓았기 때문에 이른아침부터 파리떼들이 몰려들었다. 햇빛 때문에 모령은 정신을 차릴 수 없을 만큼 아득해왔다. 모령은 일어나 땅에 묻어둔 차가운 독으로 다가갔다. 독에는 검은 간장이 담겨 있었다. 모령의 입술은 하얗게 타고 이마에서는 끈적한 땀이 배어나왔다. 입속도 모래처럼 말라갔다. 그릇에 차가운 검은 간장을 하나 가득 담고 모령은 하얗게 마른 혀끝을 대어보았다. 시원했다.

"어쩌면 성공할지도 몰라."

모령은 그걸 한 번에 마셔야 하리라. 이 나이에, 남편도 없이 아이를 낳을 수는 없는 것이다. 빠르면 빠를수록 좋아. 모령은 이제 점점 더 늙어갈 것이고 좋은 일은 더이상 생기지 않을 것이다. 모령은 숨을 쉬지 않고 다른 생각을 하려고 노력하면서 차가운 간장을 마셨다. 하루가 지나고 아무런 일도 일어나지 않았다. 모령은 긴 뜨개질바늘을 몸속에 넣었다. 처녀처럼. 진한 피가 한 줄기 흘러내렸다. 모령은 아이를 갖게 된 것을 진심으로 후회한다. 이제는 옛날 같지 않아. 때리고 괴롭히는 날이 많았어도 남편은 있어야만 한다.

나는 기억의 처음에 모령의 몸속에서 말한다.

이건 아니야. 이것은 내 처음이 아니야. 해님이 하늘거리는 여름날에 나는 태어나고 싶어. 어머니, 나는 태어나서 흰 그네를 타고 싶어. 나는 어머니의 딸 연연처럼 되고 싶어. 그런데 어머니는 내가 죽기를 원해요. 이제 나는 어머니를 보지 않겠어요. 일생 동안 만나지 않겠어요. 어머니, 나는 이제 죽을 때까지 어머니의 아이가 아니겠어요. 바람처럼 떠나겠어요.

모령이 내 말을 듣지는 못했다. 모령은 더이상의 고통이 두려워서 뜨개질바늘을 몸에서 빼냈을 뿐이다. 모령이 아이를 낳지 않으려고 애쓴 기억은 이것이 처음이다. 의사를 찾아가는 것은 왠지 모르게 모령에게는 두려운 일이다. 그래, 어쩌면 그것은 돈 때문일지도 모른다. 유치원 일을 해서 아이들에게 세끼 밥 먹이는 일이 불가능한 것은 아니었지만 결코 쉽지는 않았다. 새 밥을 먹고 아직 채 해뜨기 전에 첫 버스를 타고 강릉으로 간다. 좁은 비포장도로와 먼지 사이로 버스는 생선 장사꾼들을 태우고 강릉에 도착하면 그토록 많은 빨래. 침대는 매일 정리를 하고 시트는 매일 빨아야만 했다.

추운 겨울날. 썰렁하도록 넓은 마룻바닥을 모령은 허리를 굽히고 청소를 한다. 연연이 이곳에서 계속 살았다면 언젠가 연연도 이곳에서 겨울을 보낼 수 있었을 텐데. 언제나 그 아이를 유령이라고 괴롭히는 마을 아이들이 아니라 다정한 여자아이들을 친구로 사귀었을 텐데. 어쩌면 학교도 다닐 수 있었을지도 몰라. 이 아이들처럼 뜨거운 우유를 언제나 마셔대면 연연도 곧 건강해졌을 테고. 아름다운 처녀가 되어 좋은 일만 일어났을 거야.

모령은 과일을 씻고 아이들의 떨어진 옷을 바느질하고 장작을 패는 남자를 도와 불을 피운다. 나무를 태우는 매운 연기가 모령의 몸속에 있는 나를 괴롭히기도 한다. 나는 많이 상처받았다. 모령은 유치원 마당을 청소하고 다음날 아침에 먹을 국을 끓이고 설거지를 한다. 모령은 유치원의 부엌에서 아이들이 먹다 남긴 쌀밥에 달걀을 풀어 저녁으로 먹고 마지막 버스를 탄다. 때로는 부드럽고 달콤한 과자나 묵은쌀을 받아오는 경우도 있었다. 군대에 간 남편의 큰아이가 모령이나 어린아이들을 위해서 뭔가를 좀 해주었다면 좀더 편했겠지만 그 아이는 군대에서 돌아오지 않았다. 모령의 아이가 폐렴에 걸려 돈이 필요할 때도 큰아이는 곁에 없었다. 그 아이는 그냥 남편의 아이였을 뿐이다.

모령은 유치원 일을 하지 않을 때는 새벽에 보리쌀을 삶아 놓고 밭에서 일을 했다. 해가 질 때면 산에서 내려오는 흰 길이 붉은 비단처럼 물들어갔다. 다시는 아이 같은 것은 갖지 않아야 한다. 모령의 배가 눈에 띄게 불러오자 농업학교에 다니는 작은 남자아이가 집을 떠나 있겠다고, 어느 날 저녁 말했다.

"집을 떠나서 어디에 있겠다는 거니."

모령은 기운이 없었다. 그날은 유치원의 새 도배 일이 있었고 다음날 소풍 갈 준비로 삼십 개가 넘는 도시락을 준비해야만 했다. 농업학교를 다니는 남자아이는 이제 곧 일자리도 구할 거고 그 일자리는 집에서 멀리 떨어진 산속의 연구소이기 때문에 집에서 나가야 한다고 짧게 말했다. 하지만 사실은 그게 아닌 걸 모령은 알았다. 모령이 아기를 가지고 마을 사람들이 뒤에서 수군거리기 때문이다. 곧 어른이 될 농업학교를 다니는 남자아이에게 그것은 참을 수 없는 일이었다.

"하지만,"

모령은 개에게 줄 남은 밥을 그릇에 덜고 부엌에 널린 밥그릇들을 치우기 위해 몸을 움직였다.

"네 동생들을 돌봐줄 사람이 아무도 없구나. 아직도 어린데 내가 나가지 않으면 돈을 벌 수가 없잖니."

농업학교에 다니는 남자아이는 말없이 발밑만 쳐다보고 있었다. 모깃불이 꺼져들어가고 있었다. 이곳은 마을에서 멀리 떨어져 있고 커다란 모기들이 날아다니고 밤에는 죽은듯이 조용하다. 모령은 몸이 천근같이 무거워 집으로 돌아오면 방도 치우지 않고 눕고만 싶었다. 농업학교에 다니는 작은아이는 군대로 떠나버린 제 형과 달라서 나름대로 정겹던 아이였다. 말은 없었지만 모령을 도와 어린아이들을 돌보기도 잘했고 설거지나 청소를 잘 도와주었다. 이 아이는 모령을 떠난다는 것에 대해서 속으로는 마음 아플지도 몰랐다. 하지만 일자리가 생겼다면 어쩔 수 없는 일이고 모령은 착한 아이의 마음을 괴롭히고 싶지는 않았다.

겨울이 다가올수록 돈이 떨어져갔다. 아이들은 새 겨울옷을 마련하지 못하고 죽은 큰딸아이가 있는 절에는 재를 올릴 날짜가 지났는데도 찾아가보지 못했다. 모령은 쌀이 떨어져 얇은 옷을 입고 산파를 찾아갔다. 산파는 마을 아래에 살고 있고 쌀을 꾸어주었다. 그리고 서울에 살고 있는 미령에게 편지 쓰는 것도 도와주었다.

'이제 곧 아이를 낳을 것 같은데 아기에게 입힐 면 조각 하나 없단다. 먹을 것이 없고 개울물이 얼어붙어 빨래하기도 힘들다. 네가 찾아온다면 아기에게 먹일 우유가 있었으면 좋겠다. 아기는 아직도 살아 있단다. ……나쁜 피 같은 것은 없었어. 정말이야. 신경쓰지 않아도 된단다. 언젠가 네가 보내주었던 깡통 커피와 구연산은 꽤 돈이 되었어. 마을의 산파에게 주고 쌀을 얻었다. 이곳에서는 그런 게 돈이 되기도 하지만 나에게 당장 필요한 것은 깨끗한 면 속옷과 두툼한 털신이야. 이곳의 겨울은 믿을 수 없을 만큼 춥다. 두꺼운 옷을 입고 오는 것이 좋을 거야. 이제는 아이 낳는 일이 두렵기도 하다. 유치원 일이 없을 때는 밥을 먹지 못하는 날도 있어. 그래도 나는 다른 사람들보다 특별히 어려운 것은 아니야. 네가 찾아와준다면 기쁠 거야.'

내가 태어나던 날은 아직 미령이 찾아오기 전이었다. 미령은 연연에게 새옷을 사 입히고 두 딸을 위해서 같은 모양의 털모자와 장갑을 샀다. 기차표는 미리 끊어놓았고 미령의 남자는 학교의 보충수업 일정이 늦어져 나중에 찾아오기로 하였다. 미령은 남자에게 강원도로 모령을 찾아간다고 편지를 써놓고 아이들에게 새옷을 입히고 집을 나왔다. 젊고 잘생긴 고등학교 물리 선생인 미령의 남자에게 미령은 화가 나 있는 것이 많았다. 미령은 아무것도 하지 못하고 집에서 아이들에게 시달리고 있는데 남자는 학교 일에 바빠서 미령을 처음처럼 그렇게 돌봐주지는 않았다.

시간이 갈수록 남자는 채 마치지 못한 학위에 미련을 갖기 시작했다. 학위가 있으면, 더 좋은 학교로 옮길 수도 있을 것이고 운이 좋으면 지방의 전문대학에 자리를 얻을 수도 있을 것이었다. 집에는 어린아이들이 많아서 남자에게 조용한 시간을 내주지 않고 학교에 남아서 공부하려 하면 미령은 불같이 화를 내었다. 아직도 사람들은 그들처럼 다정하고 열정적인 관계를 보지 못했다고 말들 하지만 미령은 행복해하지 않았다.

대학원에서 남자와 같이 공부했던 여자가 고등학교로 남자를 찾아왔던 일이 있었다. 대학원 여자는 이미 대학에서 강의를 하고 있었고 곧 워싱턴D.C.로 유학을 떠나게 되어 있었다. 미령의 남자는 분필가루에 묻혀 사는 자기의 모습을 조금은 부끄럽게 여겼다. 대학원 여자는 검은 자동차를 몰고 이곳 변두리로 찾아오느라고 애를 먹었다고 하면서 강가에서 맑게 웃었다.

"선배는 가장 촉망받는 학생이었는데 아직도 복학하지 않았다니, 모두 이상하게 생각하거든요."

대학원 여자는 미령의 남자가 학위만 마치면 대학의 비는 자리가 주어질 거라고 하면서, 하지만 자기가 찾아온 것은 그런 것 때문이 아니고 한국을 떠나려고 하니 생각나는 사람이 많아서, 오랫동안 만나지 못했지만 자기가 많이 좋아하던 사람들을 만나러 다니는 중에 들른 것이라고 하였다.

"나, 선배를 많이 좋아했어요. 지금은 나도 결혼했지만, 그런 것 떠나서 지금도 많이 좋아해요. 선배가 결혼했을 때 그건 아마 사건이었죠? 잡지에도 실릴 정도였으니까요. 하지만 우리들은 그렇게 오래갈 거라고는 생각 못했거든요. 나이가 많은 여자였죠? 다섯 살? 아니, 여섯 살? 좋아요. 선배를 잠깐 보고 가려고 했어요."

미령의 남자는 대학원 여자에게 커피를 사주고 강가에서 오후 시간을 보냈다. 시끄러운 아이들도 없고 방해하는 것도 없는 시간이었다. 비 온 다음이라 공기는 신선하고 신경증을 앓는 미령에 대해서 걱정하지 않아도 되는 시간이었다. 대학원 여자는 미령의 남자의 팔을 잡고 얼굴에 입술을 갖다대고 한동안 그대로 있었다. 신선한 나무의 냄새. 빗물에 젖은 이파리에서 달콤한 녹색 냄새가 났다. 강물은 불어나 흔들리는 나무다리를 위험하게 건너면서 마을 사람들이 강을 가로질렀다. 대학원 여자는 아무렇지 않게 찾아왔다가 그렇게 떠나갔고 미령의 남자도 곧 그것을 잊었지만 미령은 그렇지 않았다. 다른 사람들이 미령의 남자를 좋아하는 것이 미령을 많이 괴롭혔다.

"내가 많이 나이들어 보이지."

미령은 거울 앞에서 남자에게 묻는다.

"아이를 낳는 것이 아니었어. 아아, 실수였다니까. 그림도 그리지 못하고 다른 길로도 전혀 가지 못하고, 봐, 난 다른 마을 여자들하고 다를 것이 없어. 똑같이 옷 입고 말하고 물을 긷고. 전쟁에서 남편이 죽어 없어진 다른 여자들처럼 저녁이 하염없이 길기만 하지. 커피나 마시고 있는다고 무엇이 다르겠니. 난 집을 떠났어야 했어. 이기적이 되어 나만 생각해서. 아버지가 죽어 어머니가 어떻게 되든. 결혼 같은 건 하는 게 아니었는데. 아기들은 더욱."

미령의 목소리는 점점 날카로워지고 엷은 유리창이 떨리도록 울렸다. 미령의 남자는 아기들을 걱정했다. 아직 어린 딸아이들도 있고 무엇보다도 벌써 학교에 다니고 있는 아들은 층계 아래의 구석에서 울고 있었다. 미령의 남자는 양손에 떨고 있는 딸아이들을 안고 아들아이를 찾아 가슴에 안는다. 아들의 얼굴은 축축하게 젖어 있었다.

"엄마가 우리들을 싫어해요, 그렇죠?"

아들은 언제나 미령이 화를 낼 때면 이렇게 말하곤 했다.

미령이 언제나 그렇게 말했기 때문이다. 미령의 남자는 아이들을 데리고 집을 나선다.

"아빠가 강으로 데려가줄게. 강에 가서 고기를 잡자. 낚시하는 것을 보고 싶지 않니?"

"엄마는 어떻게 해요? 엄마를 데리고 가야지."

아이들은 눈물이 얼룩진 얼굴로 묻는다.

"아니, 엄마는 혼자 있고 싶을 거야."

미령의 남자는 어린아이들을 데리고 강으로 간다. 강에는 바람이 알맞게 불고 키 큰 갈대가 바람에 따라서 흔들리고 있다. 어두워지기 시작하면 큰 박쥐들이 날아다닐 것이다.

미령의 남자는 강가에 서서 아이들에게 노래를 불러주고 아들에게 푸른 개구리를 잡아준다. 〈산타 루치아〉〈라쿠카라차〉〈후니쿨리 후니쿨라〉〈오 솔레미오〉 그리고 〈솔베이지의 노래〉. 어린 여자아이들은 잠이 든다. 밤이 점점 더 낮게 강가에 와 앉는다. 아들은 아버지의 무릎에 머리를 대고 있다. 미령의 남자는 지렁이 낚시를 한다. 강가에는 지렁이가 많았다. 그걸 낚싯바늘에 꿰어 강으로 드리우기만 하면 된다. 손가락만한 은빛 고기들이 잊어버릴 만하면 낚싯밥을 물었다. 강물 위로 물보라가 잔잔하게 튀고 숲 그늘이 진해져갔다. 모래가 어둠 속에서 빛났다. 지금은 이미 다 사라져버린 강가의 모래다.

"아빠, 추워요."

아들이 미령의 남자의 무릎에서 얼굴을 들면서 말한다. 그
들은 이제 돌아가려고 고기들을 바구니에 넣고 낚싯대를 거
둔다. 집으로 돌아가는 길은 싸늘한 진창길이었다. 실버들나
무가 커튼처럼 드리웠다. 모기가 잠든 딸아이들의 얼굴에 앉
았다. 연연이 마당의 그네에 말없이 앉아 있었다. 새로 칠한
지 얼마 되지 않은 그네가 하얗게 빛났다. 가만히 흔들리는
그네 위에 연연이 잠들지 않은 초롱한 눈으로 걸어오는 사람
들을 바라보았다. 미령의 남자는 문득 연연이 혼자서 얼마나
무서웠을까, 그걸 생각한다. 연연을 잊은 것은 실수였다. 연
연은 조용히 방에 숨어 있다가 미령이 잠이 들자 나와서 사
람들을 기다리고 있었을 것이다.

"어머니가 집을 나갔어요."

연연은 텅 비어 있는 현관문을 바라보면서 말한다. 불도
없는 무서운 집에서 나와 연연은 늦은 시간까지 그네에 앉아
있었다. 숲에서는 이상한 소리가 나는 바람이 쉴새없이 불어
오고 강물은 불어나고 있었다. 미령은 가방을 들고 집을 나
갔다. 그네에 앉아 있는 연연을 쳐다보지도 않은 채. 연연은
미령의 남자 등뒤에 바싹 붙어서 집으로 들어왔다. 고기가

74

들어 있는 바구니를 연연에게 주면서 미령의 남자가 말한다.

"저녁으로 고기를 구워먹자. 내가 버터를 발라 맛있게 굽는 법을 가르쳐주지. 잠든 아이들은 침대에 눕히고."

생선을 다듬어 맛있는 버터를 듬뿍 발라 불에 굽고 아침에 해놓은 밥으로 저녁을 먹었다. 연연이 설거지를 하고 아들아이는 잠자리에 들었다. 연연은 보이지 않는 구석에 숨듯이 하며 계단을 올라갔다. 미령의 남자가 아들아이에게 책을 읽어주는 소리가 가만가만히 들려왔다.

"태양을 돌고 있는 아홉 개의 행성이 있습니다. 화성에는 사람이 살고 있을지도 모른다는 생각에 과학자들이 우주선을 보냈습니다. 화성은 지구의 가장 추운 겨울보다도 더욱 춥습니다. 온통 겨울이지요. 목성은 그것보다도 더욱 춥습니다. 지구보다도 커다란 얼음의 비가 내리는 일도 있습니다. 과학자들은 가장 멀리 있는 명왕성까지 가는 우주선을 만들었습니다. 아직도 그 우주선은 명왕성에까지 도착하지는 않았습니다."

"아빠, 그 우주선에는 누가 타고 있어?"

"글쎄. 아마 사람이 타지 않은 우주선일 거야."

"달에는 사람이 갔잖아요."

"달은 가까운 곳이고 명왕성은 아주 먼 곳이거든."

"난 과학자가 될 거야. 지구를 지키겠어요."

연연도 그 책을 알고 있었다. 딱딱한 표지로 된 아주 커다란 책이었다. 두꺼운 종이로 되어 있고 화려한 그림이 그려져 있었다. 동물에 관한 이야기, 우주선에 관한 이야기, 그리고 나무들의 숲에 관한 그림이 그려져 있었다. 연연은 사촌들이 책을 읽고 싫증이 나서 던져둔 것을 꺼내어 본 적이 있다. 온 산이 불꽃처럼 타고 있었다. 나무 한 그루 없는 산이었다. 달 아오른 사막처럼 낮은 구름 아래로 온 세상이 화덕 속의 부젓 가락처럼 타오르고 있었다. 연연은 놀라서 책을 덮었다.

얼마 전에 죽은 언니가 생각났다. 언니의 몸은 절에서 가까운 산에서 화장했다. 언니가 앓고 난 다음 절로 갔을 때 언니는 연연에게 한마디하였다.

"넌 잘못된 날에 태어났어. 재앙을 풀어줘야 할 텐데. 그걸 못 해주고 가서 마음이 아프다."

어린 연연에게 재앙은 불붙은 붉은 산이다. 숨이 확 막혀 버리는 커다란 화덕 속으로 갇혀버리는 거다. 학교에 다닌 적이 없는 어린 연연은 그 그림이 금성이라는 걸 몰랐다.

"금성은 태양에 지구보다 더 가깝다. 너무나 뜨거워서 아무것도 살 수가 없다."

미령의 남자는 차분하게 책의 끝까지 아들아이에게 읽어

준다. 연연은 보이지 않는 어두운 계단 끝에서 숨죽이고 남자가 책 읽는 소리를 듣는다.

미령의 남자에게 연연은 보이지 않는가, 미령의 남자는 마당으로 나가 집밖으로 나간다. 불어난 강물 소리가 더 크게 들린다.

미령은 강물의 끝에서 흔들리는 나무다리를 걸어오고 있다. 다리 건너편은 숲의 일부를 헐어서 사람들이 살고 있는 판자촌이었다. 판자촌 사람들은 숲의 나무를 함부로 베어 땔감으로 쓰고 마을의 개들을 몰래 잡아다 먹거나 팔기도 하였다. 그 마을 아이들은 모두가 다 더러워진 옷을 입고 이가 들끓는 머리칼을 하고 새로 만든 도로변에 나와 똥을 누거나 하였다. 그 마을 아이들은 거의가 다 거지 아니면 도둑이었다. 대부분은 그 두 가지를 겸하고 있기도 했다. 판잣집들은 어른의 허리 높이 정도밖에 하지 않고 집과 집 사이는 날씬한 어른이 간신히 빠져나갈 만큼 좁다랬다. 그 골목 사이로 더러운 시궁창 물이 언제나 흘러내렸다. 판자촌에는 화장실도 없고 집들은 창문도 없고 하수도 같은 것도 없었다. 아이들이 흔하게 죽어나갔다. 언젠가 강에 큰비가 온 다음 진흙빛으로 퉁퉁 부은 갓난아기의 시체가 떠내려온 일도 있었다. 원래부터 마을에 살고 있던 사람들은 전쟁 이후부터 생긴 그

판자촌을 없애달라고 여러 차례 진정했지만, 판자촌 사람들은 이미 도심에서 한번 밀려나온 사람들이기 때문에 더이상 갈 곳이 없었고, 그래서 더욱 원주민인 마을 사람들과 감정만 상하게 되었다. 마을 사람들은 파나 배추농사를 짓고 살았고 밭의 오이나 호박이 없어지면 모두 판자촌 사람들의 짓으로 생각하는 것이 당연하게 되었다. 미령은 가끔 판자촌의 오뎅집으로 오뎅을 먹으러 간 일이 있었다. 허름한 천막을 친 곳이다. 화덕 위에는 펄펄 끓는 오뎅국물이 있고 집에서 담근 술을 팔기도 했다. 미령이 그런 곳을 좋아하다니 의외였다. 미령의 남자는 한밤에 미령이 판자촌의 다리를 건너오는 것을 보고 있었다.

"술을 마시러 갔었어."

미령은 가방을 한 손에 든 채 약간은 술기운이 오른 목소리로 남자를 보지 않고 말했다.

"마루에 앉아서 아줌마가 술을 마시고 있었거든. 따뜻한 오뎅국물을 마시고 말린 생선을 양념장에 찍어먹는 거야. 조금씩 오랫동안 술을 마시고 있었어. 오뎅집 아줌마가 날 위해서 맑은 소주를 내왔거든. 사람들이 이상하게 생각하든 말든, 그런 것이 뭐가 문제야. 그러고 있으니까, 집에 가고 싶어졌어. 처음에 나, 횡성으로 가려고 했거든."

미령의 남자는 미령을 부축하고 걷기 시작한다. 어떻게 흔들리는 다리를 건너왔을까. 다리는 흔들리고 강물은 흙탕물로 불어났는데.

"아직도 날 필요로 하니? 말해봐."

미령은 집으로 들어가기 전에 남자에게 묻는다.

"아직도 널 필요로 해. 내가 왜 널 필요로 하지 않는다고 생각하니. 아이들을 위해서 어떻게든 노력해야 한다고 생각하지 않아?"

"넌 언제나 아이들 말만 하는구나."

"우리 아이들이잖아."

"난 아이들을 주문진에 있는 언니에게 맡기려고 생각했어."

미령은 문득 생각난 듯이 남자에게 말한다.

"언니에게 편지를 쓸 거야. 아모 언니는 날 위해서 그런 일을 해줄 수 있을 거야. 다시 새롭게 시작하는 거라고."

미령은 눈을 감듯이 하고 꿈꾸는 것처럼 얘기했다.

"그리고 야간대학에 다시 나가는 거야. 너도 학위를 마저 따고, 아주 멋있지 않아?"

미령의 남자는 돌아서서 가방을 골목길에 내려놓고 아무런 말도 없이 미령의 얼굴을 한 번 때렸다. 미령은 처음에 가만히 있었다. 집으로 올라가는 계단이 높이 보였다. 이층의 창에는 천사 같은 아이들이 작은 침대에서 잠들어 있을 것이다. 아직 나이보다 작아 보이는 연연도 어두운 계단 구석에서 잠들어 있을지 모른다.

"왜 이러는 거야."

미령은 남자에게 대든다.

"넌 아무것도 몰라. 얼마나 세상이 힘든지, 참아내야 할 것이 많고도 또 많은지를. 상처 없이 살아가는 사람들이 있다고 생각하니? 왜 너의 꿈을 위해서 언제나 다른 사람이 자연스럽게 희생해야 하느냐고. 나야말로 너에게 뭐니? 아이들은 또 너에게 뭔데? 우리에겐 이제 저축도 거의 남아 있지 않고 은행에 갚아야 할 빚은 아직도 많아. 아이들을 위해서 얼마나 많은 돈이 나가고 있는 줄이나 아니? 넌 아무런 생각 없이 살지. 어제 은행에서 연락을 받았어. 우린 좀더 절약하지 않으면 곧 파산할 거야. 네가 오뎅집 마루에 앉아 술을 마셨다고, 학교에서 아이들이 날 어떻게 생각하겠어. 네가 흔들흔들 이렇게 마을을 걸어다니는 것 이제 모르는 학생이 없을 거야. 우리 아이들이 이제 좀더 자라면 그 아이들이 어떻게 생각하겠어."

"넌 나를 때릴 자격이 없어."

미령은 자기가 모르는 사이에 엄청나게 나이를 먹었다는 생각을 하면서 말한다. 오래전에 결혼할 때는 앞날에 이런 일이 생기리라고 상상하지 않았다.

"아이를 낳자고 한 것도 너였고, 잘 기를 수 있을 거라고 좋은 일만 생길 거라고 말한 것도 너야."

미령은 마음속 깊이 있는 어두움을 씻어내려는 듯이 아무런 말이나 한다. 아모 언니의 편지를 받았다. 언니는 이제 곧 새로 아기를 낳으려고 한다. 미령은 아모 언니에게 아이들을 맡기지 못할 것이고 아무런 저축이 없는 언니는 한겨울에 힘겹게 아이를 낳을 것이다. 강원도의 산속 마을은 춥고도 춥다. 얼음에 덮인 찬 개울물에서 빨래를 하고 나무를 때서 밥을 짓고 방을 덥히는 일을 이제는 해줄 사람이 없다. 아모 언니에게는 아직 어린아이들이 세 명이나 남아 있고 큰딸아이는 얼마 전에 미령 자매의 아버지와 같은 병으로 죽었고 다큰 아들은 집을 나가 돌아오지 않는다. 아모 언니는 연연에게 좀더 다른 인생을 생각하게 하고 싶었을까. 이제 이 세상에 가족도 없고 다정한 자매도 없고 피가 통하는 사촌도 없다. 미령은 언제나 우아한 자태로 살아 있기를 원하지만 자꾸만 자신을 밀어내고 있는 세상을 느낀다.

미령과 미령의 남자는 싸움 후에도 같은 자리에서 깊은 잠을 자고 같은 식탁에서 가시를 발라주며 생선을 먹고 가끔은 커피도 마셨다. 그 시절의 그들의 모습을 보았던 사람들은 유난히 다정스러웠던 부부라고 기억한다. 그리고 연연.

연연이 죽었을 때 연연은 몇 살이었을까. 열일곱 살? 아니 열여덟이나 아니면 열아홉쯤. 그때의 신문을 아무도 갖고 있지 않아 정확한 것은 아무것도 알 수가 없다. 연연은 눈길을 끄는 아이였다. 강원도 시골에서 올라와 식모살이하는 친척 아이로 보이지는 않았다. 아주아주 나중에 태어났더라면 연연은 사진 모델이나 뮤지컬 배우가 될 수도 있었을 것이다. 목소리도 좋았고 그리고 조금 더 다른 환경에서 자라났더라면 명랑한 성격이 되었을지도 모른다. 연연은 모령을 닮았다. 모령이 아버지를 모르는 아기를 낳을 때에 연연은 병원 한구석에서 잠자고 병원집의 주방일을 도왔다. 모령을 돌봐주던 산파는 그날 술을 너무 마셔 아기를 받을 수 없었고 모령은 눈길을 헤쳐 병원으로 찾아가야만 했었다. 하지만 결국은 그것이 다행이었다. 산파의 집에서 아기를 낳았다면 모령은 한 시간을 넘기지 못하고 죽었을 것이다.

모령은 너무나 나이들고 쇠약해져 있었다. 미령의 딸들은 모령이 일하던 유치원에 맡겨졌다. 여자아이들은 너무나 즐거워하며 지냈다. 병원에서 연연은 산모들을 위한 밥을 지었고 아기들의 기저귀를 갈아주었다. 아기들이 체중을 다는 플라스틱 바구니에 나란히 누워 모두 같은 목소리로 울어대었다. 아직 태어난 지 얼마 되지 않아 누가 예쁜 코를 가졌고, 귀여운 눈을 가졌는가 분간되지 않았다. 모령은 위험했다. 이제 모령은 유치원에서 더이상 일할 수도 없고 가까운 마을에서는 일자리를 구할 수도 없을 것이다. 학교에 다니는 아이들은 먹을 것을 찾아 뿔뿔이 집을 떠날 것이고 운이 좋으면 나라에서 운영하는 시설에 들어갈 수 있을 것이다. 해고 당하고 병들고 나이든 모령은 갓 태어난 아기를 기를 수가 없었다.

언니를 보러 온 미령은 병원 뜰에서 가볍게 몸서리를 쳤다. 하지만 금방 태어나 연약한, 빨갛고 작은 아기를 그냥 놓아둘 수는 없었다. 미령은 모령에게 아기의 아버지에 대해서 가볍게 물었다. 모령은 아기의 아버지가 지금은 어디에 있는지 모른다고 대답했다.

"하지만 나쁜 피 같은 것은 없었어. 정말이야. 그냥 모두가 다 살기가 힘들고 지쳤을 뿐이지."

모령이 낳은 아기의 아버지는 아마도 떠돌이 목수이거나

아니면 아직도 끝나지 않은 산속 마을의 전쟁을 위해 주둔하고 있는 직업군인이거나 아니면 벽돌공이거나 그도 아니면 지금도 산속에서 가끔 나타나는 다 떨어진 누더기 군복을 입은 코뮤니스트 패잔병들 중 하나일 거라고 미령은 생각했다.

미령은 가슴이 답답하다. 축축하고 더러운 흙이 사방에 널려 있다. 산부인과 병원의 복도에도, 기차를 타러 가는 역에도, 그리고 원래는 흰빛인 나무 담장들에도. 시골은 온통 흙투성이라고 미령은 생각하게 된다.

미령의 남자는 아이들 보충수업이 끝나는 날 밤 기차를 타고 주문진으로 왔다. 밥을 파는 식당에는 언제나 생선을 맵게 끓인 반찬만이 나왔다. 아침에도 그것 그리고 저녁에도 그렇다. 아들아이는 이제는 말린 생선이나 끓인 생선이 먹기 싫다고 한다. 미령은 아들아이를 위해서 구운 김을 달라고 했다. 미령의 남자는 집에서 만든 생선요리를 좋아했다. 오랜만에 먹어보는 거라고 하면서, 그리고 기차 여행은 너무나 길고 힘들었다. 눈 때문에 이름 모를 작은 산속 마을의 역에서 세 시간이나 붙잡혀 있었다고 한다.

"정말 이상한 기분이었어. 그 마을의 역에는 휴게소도 없고 따뜻한 국물을 마실 수도 없었어. 기차는 난방이 되지 않아 추웠고, 화장실도 없었어. 말라서 쭈글쭈글해진 사과를

광주리에 담아서 팔고 있었는데 그것밖에는 먹을 것이 없었거든. 마을의 여자들이 와서 오뎅을 넣은 국수를 팔지 않았더라면 모두들 춥고 배고파서 어쩔 줄 몰랐을 거야."

미령의 남자는 검은 석탄가루를 뒤집어쓰고 있는 그 마을 역의 단 한 명뿐인 직원인 역장과 친구가 되어 서로 담배를 권하고 끓인 생강차도 대접받았다고 했다. 미령의 남자는 부드럽고 소탈하면서도 느낌이 좋은 인상 때문에 어디에 가나 친구를 잘 사귀고 좋은 대접을 받았다. 미령은 남자의 이런 점이 때로는 참을 수 없었다. 미령은 저녁을 먹고 나서 아들아이를 재우고 남자와 함께 부둣가를 거닐었다. 생선 냄새는 어디에서나 떠나질 않는다. 중국요릿집에 들어가 돼지고기로 만든 잡채를 시켜서 술을 마셨다. 남자는 강원도가 처음이고 이렇게 한가로운 기분도 처음이라고 한다.

"생각해봐. 난 거의 성인이 되자마자 너를 만나고, 그리고 곧 아이 아빠가 되었어. 인생이란 이렇게 여유 있는 거구나 하고 생각할 겨를이 없었잖아."

미령이 묵고 있는 식당의 주인은 미령의 남자가 처음에는 미령의 남동생쯤 되는 줄 알았다고 했다. 미령은 기분이 상했다. 미령은 머리를 올리고 기분을 냈는데 이제 서서히 이곳 생활이 지겨워졌다. 차라리 한여름에 왔었더라면 더 좋았잖아, 하는 생각이 들던 참이었다. 밤의 부둣가에는 술을 파는 집들 말고는 불이 켜져 있지 않았다. 음악도 없고 여자들은 한복을 입고 식당에서 음식을 팔았다. 미령은 새로 산 코트를 입고 있었지만 부둣가의 바람은 사정없이 차갑다. 싸늘하게 얼어붙은 달이 밤하늘에 걸려 있었다.

연연은 병원에서 모령을 돌봐주기도 했다. 모령은 아기를 보지 못했고 열이 많이 났다. 정말 산파에게 가지 않기를 잘했다고 간호사가 말했다. 연연은 갓 따온 미역을 사서 국을 끓이고 간호사가 도와 병원 바닥을 청소했다. 연연은 수줍게 말한다.

"나도 자라면 간호사가 되고 싶어. 하지만 학교에 다닌 적이 없어서 그렇게는 안 되겠지요."

연연이 죽었을 때 연연은 몇 살이었을까. 열일곱 살? 아니 열여덟이나 아니면 열아홉쯤. 그때의 신문을 아무도 갖고 있지 않아 정확한 것은 아무것도 알 수가 없다.

연연은 모령의 침대 곁에서 따뜻한 물을 모령에게 따라준다. 엄마, 이제 아기는 그만 낳아요. 모령이 낳은 아이들 중에서 가장 부드럽게 연연이 말한다. 엄마는 이제 곧 죽을 것만 같아. 이제 엄마는 얼굴 표정조차 힘들어 보이는걸. 엄마가 나를 때리고 학교에 보내지 않았어도 나는 엄마가 좋아요.

모령이 눈을 뜨고 연연을 본다. "넌 이제 내 딸이 아니야. 나는 이제 널 몰라. 서울에 있는 네 이모부는 학교 선생이고 네 이모는 공부를 많이 한 여자다. 미술대학을 나왔었지. 넌 그들의 딸이 되는 게 더 좋아."

아냐, 엄마. 난 그래도 밤이면 생각이 나요. 산속에 있는 우리집이 그리울 때가 있어요. 연연은 입 밖으로 내어 말하지 않고 모령에게 물을 더 따라준다. 모령의 입술은 마르고 몸은 기운 없이 늘어지고 정말 나이든 여자처럼 이상한 냄새도 났다. 모두들 모령이 노산을 이기지 못하고 죽을 거라고 생각하고 있었지만 모령은 죽지 않았다. 미령은 아기를 데리고 떠나기로 마음먹고, 기차는 제 시간에 도착한다. 어린 딸들은 프랑스인 유치원을 떠나는 것이 슬퍼서 울었다. 아들아이는 이제 오징어와 생선을 먹지 않아도 되는 서울로 가는 것이 기뻤다.

모든 사람은 다시 자기 인생으로 달려나가기를 바란다. 바람이 한 번 불고 눈이 채 녹지 않았는데 이제는 비가 내렸다. 그래서 돌아가는 길도 흙투성이였다. 아이들과 가방을 챙기느라고 미령은 몸이 지쳤다. 미령의 남자는 두 딸아이를 데리고 가방을 들고 미령은 아들아이를 품에 안았다. 그리고 연연, 연연은 아주 작고 금방 태어난 갓난아기를 안고 기차가 오는 플랫폼에 서 있었다. 아기는 연연만큼이나 작았다. 비가 아기에게 떨어지지 않게 하기 위해서 미령의 남자가 연연에게 장례식처럼 검은 우산을 받쳐주었다.

1989년에 나는 강원도를 여행했다. 휴가철에는 사람이 많은 곳이다. 하지만 사람이 많지 않은 곳에는 포장되지 않은 길에 흙먼지가 일고 비가 오면 길을 만들기 위해 파헤쳐놓은 붉은 흙이 바다를 이루었다. 한때 알고 지내던 남자아이가 그곳으로 어머니를 만나러 가는 길에 나를 데리고 갔다. 학교의 오케스트라에서 만난 아이였다. 하지만 오케스트라의 첼로 연주는 그냥 취미였을 뿐이고 학교를 마치고는 몇 년간이나 장교로 군대를 갔다오더니 한동안 연락이 없다가 어느 날은 정부의 경제부 신참 관리가 되어 나타나서, 그를 알던 다른 사람들을 놀라게 했던 아이였다. 그들은 모두 그 아이가 직업군인으로 어울린다고 생각하고 있었기 때문이다. 그 아이가 일하고 있던 경제부처의 사무실은 그때 내가 일하던 회사와 한 블록밖에 떨어져 있지 않았기 때문에 그 아이와 나는 자주 만났다. 점심을 같이 먹거나 아니면 김초밥을 사가지고 와서 공원에서 산책을 하면서 점심시간을 보내기도 했다. 시원한 콜라나 크림빵과 꽃을 사가지고 내가 일하

88

던 조그만 무역회사의 사무실로 놀러오기도 하였다. 나와 같은 회사에서 일하는 다른 타이피스트나 전화교환수들은 내가 그 아이와 곧 결혼할 거라고 생각하기도 했다. 그렇지만 그건 사실이 아닌걸, 그냥 학교 때부터 친한 친구인걸요, 하고 말해주곤 하였다.

우리는 주말에는 가끔 여행을 같이한 일도 있다. 가까운 강으로 보트를 타러 가거나 다른 사람들과 어울려 산으로 가거나 하는 일이다. 오피스타운에서 일하는 사람이라면 누구나 겪는 일상적인 일이었다. 그랬어도 나는 그 아이의 가족에 관해서랄까, 아니면 어머니가 어떤 사람이라는 것이나 가장 술을 마시고 싶었던 때가 언제일까 하는 것에 대해서 알지 못했다. 그건 그 아이도 마찬가지이다. 우리는 그렇게 잘 지냈다. 친구들과 축구를 보러 가자거나 아니면 강에 보트 타러 가기로 되어 있는 주말에 대해서, 그리고 새로 나온 영화가 아주 멋지다든가 하는 것에 대해서 말하곤 하였다. 가끔은 일에 대해서 생각하기도 하였다. 정부의 관리들이란 그런 것이다. 더욱이 젊은 나이에 좁은 칼라에 꼭 끼는 구식 넥타이를 매고 일하는 입장이라면 말이다. 그렇지만 대체로 유쾌한 편이고, 일상에 대해서 불평하지는 않았다. 나도 그 아이에게 비슷한 얘기들을 했다. 부유한 양부모에 관한 것, 지금은 이혼했지만 서로 존중해주고 있는 양부모들이 나에게 얼마나 잘해주었나 하는 것. 오빠들도 어렸을 때는 심술궂었지만 지금은 모두 나에게 다정하고 가족으로 받아들여주는 것. 귀엽고 똑똑한 조카들과 살기 편한 교외의 셋집과 마당에 놓인 그네와 많은 꽃들. 밤이면 별들이 부서지는 마당의 작은 웅덩이.

양부모님과 오빠들도 나에게 물어왔었다. "왜 그렇게 멀리 떨어진 곳에 사는 거니. 출근하기 불편하잖아. 회사에서 가까운 곳에도 집을 얻을 수 있을 텐데."

그 집을 처음 봤을 때 마음에 들었고 집 근처를 지나는 강물 소리가 좋았고 낡고 검게 녹슨 그네를 새로 칠하고 개를 길러도 좋으리라고 생각했다. 불현듯 그렇게 마음먹게 되었고 그 생각은 나를 편하게 하였다. 밤이면 기차가 가까운 철로를 지나다녔다. 친구들이나 가족들은 이상하게 생각했다. 나는 결코 전원적이지 않았기 때문이다. 도보여행 하는 것이나 농촌에서 살아가는 것, 낡은 기차를 타고 남부지방으로 여행하는 것, 비가 쏟아지는데 산을 올라가는 것. 이런 것들을 좋아하지 않았다. 바다에서 수영하는 것도 좋아하지 않고 번개가 치는 날은 밖에 나가지 않았다. 이렇게 된 것은 생활에서 오는 습관이 컸다. 양어머니는 햇빛 알레르기가 심해서

야외생활이 금지되어 있었다. 한번은 하이킹을 떠났던 오빠들 중의 한 명이 뱀에게 물려 위험했던 일도 있었고 다른 오빠가 산 절벽에서 떨어지기도 했다. 번개가 치고 비가 오는 어두운 날이었다. 운이 없었다면 오빠는 다시는 걸을 수 없게 되었을지도 몰랐다. 나는 처음부터 인형을 좋아하고 무릎이 아파 담요를 덮고 있는 양어머니의 발아래에서 놀았기 때문에 양부모는 특별히 나를 사랑했다.

"그런데 정말 부모님에 대해서는 생각하지 않니?"

어느 날인가는 그 남자아이가 이렇게 물어왔다. 퇴근길에 공원에서 새 모이를 사려고 가게에 줄을 서 있는 나에게 다가와서 그렇게 물었다. 아마도 강원도를 여행하게 된 전날이었던 것 같다. 금요일이어서 사무실은 더욱 일이 많았다. 일곱시가 가까워오자 머리가 아파왔다. 기분이 좋아진다는 스프레이를 뿌리고 책상을 새로 정돈하고 이를 닦고 화분에 물을 주었지만 나아지지는 않았다. 퇴근 후에 새 모이를 주러 공원으로 올라가면 좀 나아지겠지 생각이 들었다. 공원에는 분수와 작은 동물원도 있었다. 새들은 모이를 바닥에 뿌려주면 믿기 어려울 만큼 몰려든다. 저녁의 공원에 일부러 새에게 모이를 주기 위해 올라가는 사람은 없다. 무언가 일자리

를 구하는 사람들과 은퇴한 노인들, 데이트를 하는 연인들이
벤치에 앉아 있다.

"부모님은 지금은 각자 다른 곳에서 살고 있고 오빠들이
찾아가보고 계신걸. 알고 있잖아."

"그런 것 말고, 정말 엄마나 아빠에 대해서 말하는 거야."

"너 잊었니? 난 태어나서 일 년도 되기 전에 입양되었어.
난 아무것도 몰라. 그런 아기가 뭘 기억한다고 생각하니?"

"뭘 기억할 수 있을까 해서 그런 것은 아냐. 아아, 사실은
오늘 오후 내내 두통이 있었어. 점심을 먹고 사무실을 나와
한동안 거리를 배회하고 있었어. 어쩐지 일이 싫어졌어. 점
심 때 우동을 먹었는데 튀김우동이나 그런 것을 만드는 식당
을 하면서 살고 싶다는 생각이 들고 우울해졌거든."

남자아이는 별로 피우지 않는 담배를 피우고 있었다.

"그러면 점심때 이후에 한 번도 사무실로 들어가지 않았다
는 거니?"

"응."

"대단하구나. 언제나 나도 그러고 싶었어."

새들은 모이를 보고 분수대의 지붕이나 박물관의 베란다
에서 내려와 벤치 주변으로 몰렸다. 새들은 목에 살이 찌고
인형처럼 동그란 눈동자를 갖고 있었다. 남자아이는 빵을 사

가지고 와서 새들에게 주었다. 비둘기들이 해가 지는 동상 위에서 구구구 운다. 공원을 내려가려면 버스를 타야 한다.

"내일 강원도에 가야 하는데, 같이 갈래?"

남자아이가 불현듯 물어왔다. 나는 다른 것을 생각하고 있었다. 강 쪽으로 해가 지고 있었다. 진하고 더운 날이었다. 사람들이 피곤해하고 지치는 것도 이상한 일이 아니다.

"내일 출근하지 않아도 되는 거니?"

"상관없어. 하루 정도는 휴가를 낼 수 있잖아. 누이동생이 결혼한다고 하면 돼."

"누이동생이 있기는 있는 거야?"

"응. 하지만 지난달에 독일로 갔어. 상관없지 뭐."

"그래, 난 갈 수 있어. 무슨 일이 있는 것 같아."

"그게 사실은,"

남자아이는 이마에 흐르는 땀을 닦았다.

"어머니를 만나러 가는 거야."

"어머니라고?"

"그래, 어머니야."

오랫동안 알고 지내던 친구였지만 그 아이에게서 어머니에 대한 말을 들은 것은 처음이었다. 나는 우스웠다. 어쩐지 몹시 서툰 개그 프로그램을 듣고 있을 때처럼 이유도 없이 웃고 말았다. 그리고 곧 사과했다.

"어머, 미안해. 내가 실수한 거야."

남자아이는 웃지도 않고 별로 화내지도 않으면서 말했다.

"괜찮아. 나도 이상한 기분이 들던 참이야. 그래서 아침부터 기분이 나빴어. 너에게 말하는 것이 아닌데."

"어머 그런 뜻은 아냐. 나, 정말 아무런 생각이 없었어. 하지만 너도 나에게 말이 없었잖아. 어머니가 강원도에서 살고 있어?"

"사실은 나도 오늘 아침에야 알았어. 숙모에게서 전화를 받았거든. 그동안은 어머니가 어디에 있거나 하는 일에 별로 마음을 쓰지 않았어. 그야 어렸을 때는 아무래도 그리울 때가 있었지만. 지금은 아무런 생각이 없었는걸."

"혹시 미워하는 마음이라도?"

"아니, 그런 것도 없었어. 아버지나 다른 사람들도, 그리고 새어머니도 나에게 잘해주어서."

남자아이의 어머니는 남자아이를 낳고 이유 없는 병을 얻었다. 병원에서도 모르는 그 병을 고치기 위해 산속의 절로 들어갔고 몇 년이나 지난 다음에 마침내 병을 고쳤다고 한다. 남자아이는 어려서 어머니의 병을 기억 못했다. 병이 나은 다음에도 어머니는 가족에게 돌아오지 않았다. 그때는 이미 남자아이의 아버지가 다른 여자와 살림을 차린 다음이었고 남자아이도 새어머니를 친엄마처럼 생각하고 있었을 때였으니 어쩔 수 없는 일이었다고 생각된다. 남자아이는 숙모에게서 어머니가 강원도 어디의 절에서 살고 있다고 듣게 된다.

"오랫동안 앓고 있었대. 숙모가 그러시는데, 내가 찾아가 봐야 할 때가 되지 않았느냐고. 잠시 멍한 기분이 들었거든. 이제 와서, 하는 기분이었지. 어쨌든 어머니는 출가했으니 이제 세속의 사람이 아니잖아. 낯설고 묘했어. 하지만 숙모가 일부러 전화해서 말해주는데 싫다고 할 수도 없었어. 사무실 일은 많고, 이런저런 보고서에 온갖 양식에 아침부터 숨이 막힐 지경인데 기껏 전화해서 한다는 얘기가 날 얼떨떨하게 하는 한마디잖아. 난 처음에 화도 났어. 너에게 이런 말 하는 것도 별로야. 그래, 없던 일로 하자고. 난 내일 출근해서 해치워야 할 일이 많으니까, 없던 일로 하는 거야."

"어머, 왜 그래. 그러지 마."

나는 달려가서 남자아이의 팔을 잡았다.

"난 사실은 강원도에 한 번도 가보지 못했어. 너도 알잖아. 이런 일이 있어서, 가보고 싶어졌어."

"네가 여행 싫어하는 것은 나도 알아."

"지금은 그렇지 않아."

"그러면 새벽에 떠나는 거야. 내가 너를 집으로 데리러 갈게. 아마 공기도 신선하고 즐거운 일도 있을 거야. 사실은 나 두려웠어. 죽은 어머니를 만나게 되는 것이 두려워. 난 어떻게 해야 하나, 슬픔이란 것이 느껴져야 하는 것 아냐, 아무렇지도 않다면, 어떻게 되는 거지, 산에서는 죽은 사람을 불에 태우지. 그리고 난 절에는 가본 일이 없거든. 내가 익숙하지 않은 낯선 세상에서 어떤 역할을 맡게 될까봐. 난 완전한 가족이 있는 아이로 자라났어. 계속 그렇게 남아 있고 싶은 거야. 혼란이 느껴져."

"비가 내리지 않으면 좋겠는데."

우리는 정말로 새벽에 떠났다. 아직 날도 채 밝지 않은 새벽이다. 날씨는 좋았지만 강원도는 변덕이 심할 거라고 일기예보에서 들었다. 남자아이는 검은 양복에 흰 셔츠를 입고 나는 원피스를 입었다. 나는 문득 이상한 기분이 들었다. 갑자기 지진을 만나면 이렇게 이상한 기분이 든다고 하지. 어머니를 만나러 가는 것은 내가 아닌데. 커피를 한 잔씩 만들어 마시고 운전은 교대로 하면 되겠지. 별로 졸리지는 않을 거야. 남자아이의 어머니가 있다는 절은 찾기가 어려웠다. 지도에도 나와 있지 않은 작은 절이기 때문이다. 한낮이 되자 날은 덥고 끊임없이 차가운 콜라를 마셔대도 지쳐왔다. 우리들은 횡성 어디에서인가 차를 멈추고 절을 찾아가는 길을 물었다.

"여기 어디에서 산으로 올라가는 길이 있다고 하던데."

남자아이는 숙모가 가르쳐준 길을 기억해내려고 애썼다.

"별수없지 뭐. 난 배가 고프고 밥이 먹고 싶어. 뭔가 맛있는 것을 먹으러 가자."

우리는 식당에서 감자전과 비빔밥을 시켜 먹고 다시 산으로 올라가는 길을 찾으러 갔다.

"도대체, 어머니 얼굴이나 알아볼 수가 있는 거야?"

내가 남자아이에게 물었다. 남자아이는 낯선 길을 운전하느라 지치고, 길을 잃은 것에 대해서 초조해하고 또 그런 상황에 나를 데리고 온 것에 대해서도 몹시 미안해하고 있었기 때문에 어떻게 해서든 그 아이를 위로해주고 싶었다.

"몰라. 사진으로밖에 못 봤는데 워낙 오래전 사진이고 또 희미해서."

"저 길로 올라가야 하는 거야. 아까는 너무 좁은 산길이라 그냥 지나왔지만 절 표시가 있는데."

산으로 올라가는 길은 차 한 대가 간신히 빠져나갈 수 있을 만큼 좁았다. 노란 꽃들이 길가에 피어 있고 키 큰 풀들이 거미줄을 매달고 있었다.

"이 길은 차가 다니는 길이 아닌가봐. 하지만 읍내에서 다리를 건너, 강가 길로 올라가다가 처음 산으로 올라가는 길이라고 했으니까 분명히 이 길이야."

절로 올라가는 길은 먼지가 많고 차를 중간에 세우고 올라가야 하는 끝없는 계단과 넓게 트인 무덤이 있는 곳, 보이지 않게 흐르는 풀 밑의 세찬 물소리. 스치듯이 지나가는 풀뱀의 소리가 들려왔다. 절은 믿을 수 없을 마큼 작고 초라했다. 사람은 아무도 없었다. 그래도 숙모가 가르쳐준 바로 그 절이었기 때문에 우리는 안심하고 샘가에 앉아서 물을 마셨다. 이럴 줄 알았으면 구두를 신고 오는 게 아니었는데, 샌들은 먼지투성이가 되었다. 나는 굽이 높은 샌들을 벗어서 흙을 털었다. 절가에는 빨갛게 산딸기가 가득하고 남자아이는 물을 마시고 담배를 피우고 그리고 또 물을 마셨다. 산속에서 쿡쿡쿡 하고 새가 울고 있었다.

"아무도 없나봐."

남자아이는 그러면서 그냥 돌아가고 싶어하였다.

"하지만 이곳까지 힘들게 올라왔는데. 봐, 누군가가 살고 있는 곳이야. 법당 곁에는 부엌과 방이 있고 그리고 향을 피워놓았는데."

우리는 한참이나 그러고 있었다. 쿡쿡쿡 하는 새 울음소리와 풀뱀들이 지나가는 소리를 들으면서 비스듬히 방문에 기대어 앉았다. 우리는 그러는 채로 잠깐 잠이 들었다. 새벽부터 먼길을 와서 지쳐 있었기 때문이다. 아마도 해가 지려고 할 때까지 그러고 잠이 든 것 같다. 샘에서는 물이 똑똑똑 계속해서 떨어지고 있었다. 우리들의 꿈속에서 남자아이의 어머니가 흰옷을 입고 나왔다. 내 아들아, 너는 너무 늦게 왔어. 나는 이미 죽었단다. 남자아이가 울면서 어머니의 뒤를 쫓아간다. 그러는 남자아이의 뒷모습은 어느새 체크무늬 멜빵바지를 입은 어린아이처럼 보인다. 나는 뒤에 남겨진다.

남자아이는 어머니를 따라가다가 멈추고 강물에 빠진다. 강물에 빠진 채 종이인형처럼 가만히 있는 어린아이의 얼굴을 나는 들여다본다. 낯선 어린아이의 얼굴이 나를 바라본다. 그건 나다. 내가 우리의 꿈속에서 울었다. 어머니, 어디 있어요.

잠에서 깨어났을 때는 남자아이가 마루에 걸터앉아서 차를 마시고 있는 것이 보였다. 여전히 사람은 보이지 않았지만 누구인가 우리에게 차를 가져다준 듯하다. 태양은 많이 가라앉아 검은 모기가 날아다니는 것이 보였다. 내 머리칼은 땀으로 흠뻑 젖었다.

"이제 깨어났구나, 돌아가야지."

남자아이는 도자기 잔에 든 차를 다 마시고 나에게 말했다.

"믿을 수 없어."

"뭐가?"

"어떻게 뜨거운 차를 마실 수가 있지? 이런 날씨에. 아아, 끔찍한 꿈이었어."

"아, 이 뜨거운 차, 하지만 맛은 좋은걸. 샘에서 세수를 해 봐, 기분이 좋아질 테니."

남자아이는 맑은 샘물에 세수를 한 듯 개운하고 말끔한 얼굴을 하고 있었다. 별로 지쳐 보이지도 않았다. 나는 땀에 젖은 머리칼을 쓸어올리고 뚜껑이 달린 도자기 잔에 담긴 잎차를 마셨다. 머리칼 사이로 산바람이 불고 계속해서 들리는 음악처럼 쿡쿡쿡 새가 울고 있었다. 내가 오랫동안 잠이 들었을까, 아니면 잠깐 눈을 감았다가 떴을 뿐인가. 한 번도 보지 못한 남자아이의 어머니가 흰옷을 입고 강물 위를 새처럼 사라져가던 것이 꿈처럼 떠오른다. 내가 잠든 사이에 해가 지려고 하고 있고, 남자아이는 기분이 다시 맑아져 유쾌한 표정을 짓고 있다.

"이제 가야지."

남자아이는 돌아가자며 일어선다.

"어머니를 만나야 하잖아."

"그건, 이제 괜찮아. 어머니를 만났어. 아니, 어머니를 만난 것이나 같아. 잘 생각해보면 내가 이곳까지 와야 할 이유가 없었던 거야. 어머니는 나에게 별로 중요한 어떤 것이 아니었어. 너도 알지, 내가 그다지 신경쓰고 있지 않았다는 걸."

여행은 짧았다. 텅 비어 있는 산속 절 마루에서의 한낮의 잠. 그리고 누군가가 끓여다준 뜨거운 잎차와 변함없는 울음으로 뜨거운 한낮을 울던 보이지 않던 새. 몽롱한 꿈속에서 모습을 바꾸어버린 남자아이, 저녁이 되려고 하는 세상. 내려오는 산은 더 길고 물소리는 더 커졌다.

"절에는 누가 있었는데?"

남자아이의 손을 잡고 내려오면서 내가 물었다.

"우리 차를 끓여준 사람."

"그 사람이 너를 보고 반가워했니? 궁금해."

"아아."

남자아이는 다른 생각을 하고 싶어하였다.

"모르는 사람이었어. 저녁을 짓기 위해서 불을 때고 그리고 물을 길어야 한다면서."

"어머니는 어떻게 되었니?"

"어머니는, 몸이 나아져서 이제 다른 곳으로 갔다고 했어."

"시원한 아이스크림이나 그런 것 먹으러 갈까?"

산을 벗어나고 읍내로 돌아와 고속도로로 가는 길로 접어들었을 때, 남자아이는 언제나 점심을 같이 먹기 위해서 우동집에서 만나곤 하던 그런 아이로 돌아와 있었다. 해가 완전히 졌다. 도로 한옆에 차를 세우고 아이스크림을 사가지고 와서 말없이 먹었다. 낯선 마을. 외딴 곳에는 낯선 마을로 들어가는 길이 보였다. 아무것도 없는 산속 마을. 자전거 전용도로가 있고 폐광이 멀지 않은 곳. 작은 다리와 강물이 있고 중국요릿집과 과수원과 옥수수밭이 길 곁에 있고 휴가철에도 아무도 찾아오지 않는 곳. 붉은 열매가 달린 나무가 마을로 들어가는 길 곁으로 서 있었다.

남자아이는 마을로 차를 몰았다. 나는 라디오의 볼륨을 높였다. 조용한 마을의 개구리 울음소리 사이로 모차르트의 〈아베 베룸 코르푸스〉, 저녁밥 짓는 연기가 소리 없이 번지고 있을 것 같은 마을이다. 산으로 올라가는 길이 보였다. 번갯불이 소리 없이 번쩍였다.

"오늘 자고 갈까?"

남자아이가 물어왔다. 나에게 그런 것을 물어본 것은 그 아이가 처음은 아니었지만 나는 지진의 처음에 홀로 서 있는 것처럼 마음이 아파왔다. 낮고 조용하게.

"이 마을에서?"

"그래 이 마을에서."

　　다시 한번 더 번갯불이 번쩍였다. 어쩌면 비가 오는 밤이 될 것이다. 비가 올 것같이 젖은 흙길을 나이든 여자가 걷고 있었다. 시든 야채가 든 바구니가 그 여자의 등에 힘겹게 얹혀 있었고 여자의 발은 맨발에 커다란 플라스틱 슬리퍼를 신고 있었는데 발등이 심하게 굽어 있었다. 여자의 머리칼은 가뭄 든 숲처럼 말라 있고 허리를 굽히고 한 걸음씩 힘들게 걷고 있었다. 번개가 칠 때, 여자가 고개를 들었다. 여자의 눈동자는 백내장으로 거의 보이지 않게 되어 있었다. 심하게 굽은 여자의 손가락들이 떨리면서 우리가 탄 차를 비켜갔다. 번개가 그치자, 여자는 보이지 않았다. 남자아이가 라이트를 켰다. 길 한편으로 산으로 올라가는 길을 걷고 있는 여자의 뒷모습이 보였다. 나무 그루터기를 잡으면서 힘들게 길을 올라가고 있었다. 여자의 질질 끄는 슬리퍼 소리가 들리는 듯하다. 우리는 여자가 보이지 않게 될 때까지 손을 잡고 움직이지 않고 앉아 있었다.

그때 나는 알았다. 어디엔가 있을 모령. 오래전 병원에서 아버지를 모르는 아기를 낳고 프랑스인 유치원에서 임시 식모로 일하던 일자리를 떠났던 모령. 오랫동안 그렇게 그리워한 나의 가여운 모령. 남자아이가 말했다.

"저 여자, 태워줄 걸 그랬나봐."

"그건 좋은 생각이 아냐."

"이런 곳에 더운물이 나오는 여관이 있을까 생각해봤니?"

"하룻밤쯤은 아무래도 상관없어."

"이곳, 처음이지?"

"난 강원도가 처음이야."

"화요일쯤 돌아가면 좋겠다."

"아아, 회사에 가기 싫어."

"제발."

남자아이가 내 팔을 잡으면서 말했다.

"회사 얘기는 하지 마. 제발 부탁이야. 너에 관한 얘기만 해."

그다음에 모령이 어떻게 되었는지 아무도 모른다. 아무도 그런 것에 대해서는 말해주는 사람이 없었다. 모령은 어쩌면 아기를 낳던 병원에서 죽었을지도 모른다. 그렇지 않다고 해도, 모령의 남편의 아이들이 와서 병든 모령을 돌봐준 것 같지는 않다. 지나간 일들은 사람들의 기억 속에서 모두 희미해져갔다. 서울 변두리에 있던 국민학교를 졸업하고 자전거 상점에 다니던 남자아이도, 고등학교 물리 선생의 가족이 살던 흰 이층집과 귀여운 옷을 입고 있던 그 집의 여자아이들. 어떤 사람들은 가끔 여자아이들을 혼동하기도 한다. 비슷한 아이들이 많았다고 기억할 뿐이다. 언제나 그네 위에 앉아 있던 여자아이가 있었고 어딘가를 앓고 있던 여자아이가 있었다. 그 집의 사람들은 원주민인 마을 사람들과 별로 사귀지 않았다. 비가 오는 밤이면 언제나 술을 마셔대 마을 사람들의 입에 오르던 그 집의 여자는 이름이 어려운 병으로 오래 앓다가 죽었고 고등학교 물리 선생인 남자는 여자가 죽은 지 며칠 안 돼서 감옥으로 끌려갔다. 그 집에 살던 한 여자아이가 강가의 숲에서 죽은 채로 발견되었는데, 그 남자가 범인이라는 것이다. 갑자기 마을에는 이상한 소문이 떠돌았다. 누구나가 다 숲의 살인 사건은 피난민들이 모여 살던 판자촌 사람의 짓이라고 생각하고 있었기 때문이다.

지금은 남아 있는 것이 아무것도 없다. 강물은 흐름이 바뀌고 판자촌은 회색빛 벽과 바랜 나무 담장이 있는 서민 아

파트 단지로 바뀌었다. 죽은 여자아이는 그들의 사촌이라고
하기도 하고 데려다 기르던 아이라는 말도 떠돌았다. 여자아
이는 얌전히 두 손을 가슴에 얹고 잠든 듯이 죽어 있었다. 강
물 소리가 가장 가까이 들리는 곳이었다. 가끔 사람들은 그
곳 숲으로 산책을 갔었고 아파트 단지 공사가 진행되어 낯선
사람들이 숲을 점령하면서부터는 우범지대가 되었다. 집 없
는 개들이 떠도는 곳이 된 것이다.

난 아직까지도 가끔 밤에 꿈을 꾼다. 흰 그네가 있는 집이
다. 마당의 잔디는 손질하지 않은 지 오래되어 더러운 융단
처럼 뭉개져 있고 잘 맞지 않는 현관문은 바람에 삐걱거리는
소리를 끊임없이 내고 있다. 하늘은 화난 것처럼 붉어져 있
다. 바람이 거세고 이제 곧 태풍이 불어오려고 하는 저녁이
다. 집안에는 누가 있을까. 그네를 타고 있는 여자아이는 아
마 나일까? 꿈속의 집은 내가 떠나온 지 한참이나 더 지난 것
같다. 자전거 상점에서 일하는 오빠는 돌아올 때가 지났지만
아직도 모습이 보이지 않는다. 집안에는 앓고 있는 여자아이
가 살고 있었다. 말라버린 빵처럼 딱딱한 어린 여자아이의
얼굴이 이층의 한 창에서 나타난다. 창은 먼지와 거미줄로
더러워져 있다. 어린 여자아이는 길의 저편을 바라보면서 말

한다.

"오빠, 은행에는 갔다온 거니? 연화가 앓고 있는데. 이제 찬장에는 아무것도 없어. 어제부터 우리는 아무것도 못 먹었거든."

비둘기가 떼를 지어 지붕에서 날아올랐다. 먼지가 풀썩 일면서 나뭇잎들이 우수수 소리를 내었다. 은행에 더이상 남아 있는 돈은 없다는 걸 내 자매들도 알고 있지만 그렇게 저녁이면 오빠를 기다렸을 거다. 저녁이 시작되면 이제 아무도 숲으로는 가지 않는다.

……어쩌면 기억이란 존재하지 않는 것이고 이 세상 모든 과거는 내 그림자에 비치는 희미한 거울의 뒤편일 수도 있다.

그리고 마지막으로 미령은 죽기 전에 잠깐 생각한다. 빛. 넘치는 빛. 강가의 숲에 황금빛으로 스며들던 여름 저녁의 빛. 가난한 사람들이 짓는 풍로의 밥. 강을 따라 나 있는 길고 하얀 길. 죽은 개구리의 부푼 풍선 같은 흰 배와 정신없이 몰려드는 커다란 검은 모기떼들. 이 세상이 힘들고 또 힘들어도 기대어 쉴 수 있는 남자의 어깨. 이 세상의 배반과 희망의 바다에서 난파당하는 것에 대해서, 벽에 부딪힌 새처럼 방향을 잃고 마는 미령의 마지막 젊음에 대해서.

미령은 운다. 두 손을 벌리고 끝없이 쫓아가도 영원히 잡히지 않는 나의 충동. 내 사랑. 미령의 눈물이 미령의 싸늘하게 여윈 뺨을 따라 흘러내리고 밤이 깊었다. 아침이 되면 사람들은 말하리라. 미령이 죽었다. 한때는 이 세상으로부터 많은 사랑을 받았던 아름다운 여자가.

나는 이렇게 혼자 이 먼길을 떠나게 되는 것이 싫다. 하얀 천장에는 한 마리 겨울 파리가 떨고 있다. 커다랗고 흰 달이 마당의 나뭇잎 그늘에 머물고 있다. 이층에서 아기가 울기 시작한다. 바람이 불어오고 지금은 내 곁에 아무도 없다.

미령은 가슴속에서 단단하고 견고한 마음이 마침내 깨어지는 것을 듣는다. 내 사랑. 미령은 떨리는 손으로 보이지 않는 남자의 어깨를 만진다. 안녕, 오래전 내 사랑.

어머니를 찾아서 강원도로 떠났던 남자아이와 나는 수요일에야 서울로 출발했다. 화요일 오후부터 산에는 비가 왔다. 피서객들이 찾아오지 않는 마을은 한적하고 산으로 떠나가는 소들이 내는 방울소리가 아침마다 우리가 묵었던 집의 방 밖에서 딸랑거리면서 지나갔다. 하루종일 차는 한 대도 지나가지 않는 날들이었다. 아침을 옥수수로 먹고 산으로 산책을 나갔다. 비가 온 다음이라 포장되지 않은 길이 미끄러웠다. 남자아이는 회사로 영영 돌아갈 생각이 없는 듯했다. 전화조차 하지 않았다.

나는 신비로웠다. 오랫동안 알고 지냈지만 남자아이와 같이 잠자게 될 줄은 생각하지 못했었다. 마을에는 생각대로 중국요릿집이 있어서 만두와 잡채를 사먹기도 했다. 낮에는 마을의 집이 텅 비어버리고 남자아이와 나는 커다란 개와 같이 놀거나 바다까지 차를 타고 가기도 했다. 수요일 아침이 되자 우리에게 있던 돈이 모두 떨어졌다. 그때까지 비가 내리고 있었다. 돌아가야 한다는 생각은 마음을 우울하게 만들었다.

"오늘은 수요일이야."

남자아이는 말했다.

"뭐 어때. 우리는 둘 다 회사를 그만둘 텐데."

나는 마지막으로 산으로 한번 더 산책을 가고 싶어하며 말했다. 산에는 비가 온 다음에 산딸기가 더욱더 빨갛게 피어나고 이슬이 눈부시고 길고긴 길을 걸어도 사람 하나 없는 길이 있었다. 어쩌다 나타나는 집들도 텅 비어 있고 무너져

내리는 흙벽과 부서진 문들이 자전거 바퀴와 함께 뒹굴고 있었다. 산모퉁이를 돌 때마다 서로 다른 빛의 담배밭과 옥수수밭들이 나타나고 빗물에 젖은 깊은 산이 내려다보였다. 산길에서 만나는 산비둘기와 그리고 이름을 알 수 없는 부리가 긴 새들. 나는 산속 마을로 산책가고 싶다고 했고 남자아이도 따라나왔다.

"어쩌면 오늘은 사람을 만날 수 있을지도 몰라."

나는 남자아이에게 말한다.

"그 마을은 사람이 살지 않아. 너도 알잖아. 그동안 한 번도 사람이 사는 것을 보지 못했는데."

"그래도 밭과 집이 있었어. 개울에는 작은 물방아도 있었고, 누군가가 살고 있다는 생각이 드는걸."

"사람들이 떠나가버린 마을이야."

산으로 올라가다가 우리는 그늘에 앉아 한참을 쉬었다. 비가 오는 중이라 개울물은 흙탕으로 불어 있었다. 쓸쓸한 집들이 있는 산 위 마을이었다. 여전히 사람은 보이지 않고 검은 천으로 덮어놓은 염소 우리 위로 가는 비가 보이지 않게 내리고 있었다. 이른아침이었고 사람의 흔적은 없었다. 개울 위로 낮게, 부리가 긴 새가 날았다. 쿡쿡쿡 하고 산 위에서 낮선 새가 울었다. 집은 마루에도 마당에도 붉은 흙투성이였다. 쓰러져가는 지붕 아래로 텅 빈 부엌에는 고양이 발자국이 뚜렷한 녹슨 대야와 주발이 덩그러니 보였다.

"그래도 누군가가 살고 있다는 생각이 들어. 그럴 수 있는걸."

"도대체 이런 곳에서 어떤 사람이 살 수 있다는 거니?"

"예를 들자면, 나이들고 가족이 없는 사람."

"나이들고 가족이 없는 사람?"

남자아이는 일어서서 나를 바라보았다.

"사실은 꿈을 꾸었거든."

내가 말했다.

"어떤."

"어딘가에, 아마 바로 이런 곳에 내가 만나본 일이 없는 내 어머니가 홀로 있었어."

남자아이와 나는 각각 다른 생각을 하면서 가만히 서 있기만 하였다. 비는 계속해서 내리고 있었다. 세상은 이토록 고요하고 잔잔하게.

"아마 맞을 거야. 나는 그래."

남자아이와 나는 텅 빈 집들을 뒤로하고 계속 걸었다.

"그게 무슨 말이니?"

"난 꿈에 거의 모든 것이 보이는걸."

"설마. 그냥 생각이겠지."

"아냐. 그렇지 않아."

산책을 끝내고 산을 내려올 때까지 집은 그냥 비어 있었다. 염소 우리에는 여전히 비가 내리고 흙 사이사이 자라난 키 큰 풀들이 바람에 날리고 있었다.

"사실은, 친척 중에 병을 앓다가 빨리 죽은 여자아이가 있었는데, 절에서 점을 쳐주었다고 하거든."

"앞날이 보인단 말야?"

"아아, 앞날이 아니고 그냥 지나간 일들이 그대로 느껴지는 거지."

"그런 얘기는 한 번도 한 일이 없잖니."

"그럼 그런 얘기를 아무데서나 할 수는 없는 것 아냐. 그리고 도시에서는 아무래도 상관없는 것 아니니."

그렇다. 도시에서는 아무래도 상관이 없었다. 바람이 어느 편에서 불어오거나 아니면 아버지를 모르는 아이를 낳는다거나 지나간 일들이 꿈속에서 보이는 것 따위는 아무래도 좋은 것이다. 양부모는 어린 나에게 인형을 사주고 아파트에서 놀게 했다.

그들은 몰랐다. 내가 언제나 밤이면 쓸쓸하게 바람 부

는 어두운 강가에 홀로 서 있었다는 것, 그리고 발밑에서부터 서서히 다가오는 지진. 기억 이전에 있는 고통스러운 사랑 안으로 깊이깊이 빠져들고 있었다는 것. 홀로 침대에 누워 죽어가고 있는 미령의 마지막을 언제나 가쁜 숨소리처럼 가깝게 느끼고 살아갔다는 것. 앓고 있는 내 어린 자매가 창밖으로 머리를 내밀고 마지막 태양이 지는 붉은 하늘을 향해 오빠, 은행에 갔었어? 난 배가 고파, 하고 외치는 소리를 실제로 들었다는 것. 난 양부모를 떠나지 않을 수 없었다. 가슴 저민 저 밑바닥 어디엔가 있는 모령의 모습도.

나는 빈 마을을 돌아보지 않았다. 남자아이는 다른 생각을 하고 있었다. 남자아이와 나는 같은 모습을 가진 서로가 두려웠다.

서울로 돌아온 다음에 나는 회사를 그만두었지만 남자아이는 결국 그만두지 못했다. 그 아이는 다시 경제부의 젊은 관리로 돌아갔다. 깨끗한 밝은 슈트를 차려입고 붉은 울 넥타이를 맨 남자아이는 멋있었다. 어디에도 그늘 같은 것은 보이지 않았다. 가끔 생각한다. 왜 그 아이는 나를 데리고 강원도로 어머니를 찾아갔을까, 하고. 남자아이와 나는 서로에 대해서 아는 것이 별로 없었고 끝까지 그냥 모르는 채로 있었다.

산 위의 절에서 내가 잠들었을 때 어쩌면 남자아이는 어머니를 만났을지도 모른다. 출가한 남자아이의 어머니는 도자기 잔에 뜨거운 잎차를 끓여내주었을 것이다. 남자아이의 어머니는 뭔가 말하고 싶지 않은 것, 고요하게 갖고 싶은 것, 두려워하는 것이 있었을 거라는 생각이 든다. 그것은 남자아이에게도 전염되어서, 남자아이는 잠시 동안 계속 고통스러워했을 것이다. 그래서 남자아이는 그날 서울로 돌아가지 않았고 그다음날도 그랬고 비가 오는 수요일까지 그랬다.

그 고통과 우울의 언저리에 나는 우연히 있었다. 내 인생의 모든 것이 그랬듯이, 문득 나는 남자아이와 같이 산속 작은 마을에서 수요일까지 산책을 하고 밤에는 꿈을 꾸었다. 남자아이의 가슴은 단단하고 팔은 여행에서 금방 돌아온 것처럼 검게 타 있었다. 우리가 묵었던 집에서는 찐 옥수수를 아침으로 내놓았고 감자와 무를 넣고 밥을 지었다.

차에서 내려 마을로 들어가면서 우리는 젖은 입술을 대고 불현듯 짧은 입맞춤을 했다. 남자아이는 떨고 있었다.

"오래오래 기억해." 나는 남자아이의 입술에 대고 말했다.

왜 그런지 우리는 몰랐다. "나는 연연이야. 나를 연연이라고 불러." 남자아이는 나를 불렀다. "연연, 내 사랑스러운 연연."

  내가 회사를 그만둔 뒤 한 번 남자아이와 점심을 먹은 일이 있다. 난 낡아서 물이 빠지고 무릎이 나온 청바지에 뒤축이 접힌 운동화를 신고 있었고 머리칼을 뒤로 묶고 있었다. 점심시간의 우동집은 언제나처럼 붐비고 오뎅과 튀김을 얹어서 나오는 것도 변함이 없었다. 내가 찾아갔을 때 남자아이는 한 번도 보지 못한 그 아이의 사촌과 함께 있었다. 사촌은 볼일이 있어서 그 아이를 찾아왔다가 같이 점심을 먹게 되었다고 했다. 나는 괜찮다고, 아무렇지도 않다고 했다. 사업을 하는 사촌은 무슨 허가를 받거나 하는 일로 관청에 볼일이 있었을 것이다. 남자아이의 사촌은 그 아이보다 나이가 많고 어른스러워 보였다. 우리는 점심을 먹고 근처의 공원에 가서 담배를 피우면서 얘기를 했다. 주로 남자아이의 사무실에 관한 이야기나 아니면 사촌의 얼마 전 태어난 쌍둥이 아기들에 관한 이야기, 아니면 중국에서 더덕을 수입해 오는 이야기였다. 나는 두 사람의 얘기를 거의 듣기만 하였다. 그래도 우리는 아주 즐거웠다. 술을 마시고 싶다는 생각이 들었다. 남자아이는 다섯 시간 더 사무실에서 근무해야 한다.

다섯 시간 뒤에 우리는 만나기로 하였다. 남자아이의 사촌과 나는 공원에서 시간을 보내기로 하였다.

"이해해. 지난번 일 이후로 난 주의하고 있으니까. 눈총받는 일이라면 이제 지겨워."

"지난번 일이란, 강원도에 갔다가 수요일까지 돌아오지 않은 일이야."

내가 남자아이의 사촌에게 설명해주었다. 남자아이는 시계를 보면서 들어갔다. 남자아이의 사촌은 중국에서 돌아온 지 얼마 되지 않아 어차피 쉬려고 했다면서 공원에서 실업자처럼 잠들고 싶다고 말했다. 나는 정말로 실업자니까 그런 것은 상관없다고 대답했다. 남자아이의 사촌은 이름이 택이었지만 남자아이는 그에게 그냥 사촌, 이라고 불렀다. 그게 더 편하니까, 하고 사촌은 웃었다. 나도 그에게 그냥 사촌이라고 불렀다. 사촌은 나이보다 어른스럽고 부드러워 보였다. 나는 사촌과 함께 있으면 한없이 어리고 연약하게 느껴졌다. 나는 그런 기분이 좋았고 마냥 즐기고 싶었다. 아직 깊은 가을이 되기는 이른 때였다. 그래도 공원에서 잠자기는 좋았다. 신문지로 얼굴을 덮고 정말 실업자처럼 사촌은 잠이 들었다. 나는 잠들지 않고 마른 빵을 사서 비둘기들에게 먹이를 주었다. 비둘기들은 잠든 사촌의 신문지 위에까지 와서 빵을 먹었다. 나는 장난처럼 사촌의 신문지를 벗겨내고 그 잠든 얼굴 위에 빵을 뿌렸다. 사촌이 금방 잠에서 깨어나 나를 보고 웃었다. 웃는 얼굴이 남자아이를 조금 닮았지만, 남자아이보다 더 어른 같았다. 나는 어른 남자가 언제나 좋았다. 내 표정을 바라보고 있던 사촌은, 난 그렇게 어른이 아냐, 너보다 나이가 그렇게 많지는 않은걸, 하고 말했다. 차를 핑크빛으로 칠하면 어떨까. 나는 문득 생각했다. 핑크빛 차를 타고 거리를 달리면 모든 사람들이 바라보겠지. 나는 그 생각을 사촌에게 말했다. 그리고 사촌과 나는 웃었다. 지나가는 사람들이 우리를 바라보았다. 아직 해가 지지 않았지만 우리는 맥주를 사가지고 와서 마시기로 했다. 맥주를 한 캔 마시고 사촌은 내 어깨에 팔을 두르고 나는 아기처럼 가만히 있었다. 그리고 우리는 다시 잠들었다. 나는 아무런 꿈도 꾸지 않았다. 우리는 그렇게 남자아이가 다시 찾아올 때까지 잠들어 있었다.

그리고 남자아이를 다시 만난 것은 다음해 봄이었고 학교 때 친구였던 한 아이의 결혼식에서였다. 그때 우리는 어쩐지 어색해져서 낯선 사람들처럼 고개를 숙여 인사했다. 결혼한 아이는 우리가 같이 알던 잠시 동안 오케스트라에 함께 있었던 아이다. 사촌이 찾아왔던 날 이후로 남자아이와는 만난 일이 없었다. 남자아이는 어쩌면 알고 있을지도 몰랐다. 나는 사촌과 같은 집에서 팔 개월을 넘게 살았다. 남자아이는 어쩌면 그런 것을 비난하고 싶었을 수도 있고 또는 아무런 상관이 없다고 생각하고 있었을지도 모른다. 나는 알 수가 없다. 나는 그 이후에 강원도에 간 일이 없고 핑크색 차를 탄 일도 없다. 그렇지만 정말 아름다운 공원이었다고 기억하고 있다. 남자아이는 다른 친구들과 이야기하다가 피로연이 열리는 식당에 잠시 앉아 있었다. 사람들이 많았고 나는 멍했다. 머리가 아파왔다. 식당으로 가는 에스컬레이터에서 남자아이는 나를 스쳐지나갔다. 나는 냅킨을 무릎에 깔고 한 손으로 빵을 뜯고 다른 손으로는 샐러드를 집었다. 같이 온 다른 여자친구들이 신부를 보기 위해 몰려가고 있다. 나는 집으로 돌아가기로 하고 식당을 나왔다. 사촌은 쌍둥이의 동생으로 또다시 어린아이가 태어나자 집으로 돌아갔다. 이제 세 아이의 아빠가 되었으니 어쩔 수 없었다.

사촌의 부인은 나를 중국 소녀로 알았다고 했다. "그 사람은 중국을 집처럼 드나드니까요. 값싼 중국 채소를 수입해서 돈을 벌죠. 그게 안전하대요. 난 그래서 당신이 중국에서 온

줄 알았어요", 사촌의 부인은 별로 아무렇지도 않은 듯이 그렇게 말했다. 나는 나로 인해서 사촌의 집안이 아주 불행하였으니 미안한 마음이 들었다. 아마 남자아이도 알고 있을 것이다. 나는 사촌이 결혼한 남자인 것을 알고 좋아했기 때문에 아무도 모르는 것으로 하고 싶었다. 나는 한동안은 사촌의 사무실에서 타이피스트로 일했던 적도 있다. 그다음에 금방 다른 직장을 구할 수 있기는 했지만, 나는 조용히 연필을 깎으면서 중국에서 걸려오는 사촌의 전화를 받는 것이 좋았다. 오랫동안 그러고 있으니 마치 정말로 그가 나의 사촌처럼 느껴졌다. 다정하고 부드러운, 멀리 떨어져 있으면 언제나 생각나는 나의 사촌.

주차장에 서 있으니 남자아이의 모습이 저만큼 앞에 보였다. 남자아이도 다른 사람보다 더 빨리 집으로 돌아가려고 주차장에 나와 있었다. 햇빛에 남자아이의 검은 슈트 입은 뒷모습이 가물가물 보였다. 나는 남자아이를 부르려고 다가갔다. 그때 택시가 왔다. 호텔의 보이가 문을 열어주었다. 나는 택시에 탄 채 남자아이의 곁을 스쳐지나갔다. 그리고 뒤돌아보았다. 남자아이도 나를 바라보았다. 호텔의 유리문 앞에 붉은 벼슬이 달린 닭이 그려진 바의 입구가 보였다. 남자아이는 바에 들어갈 사람처럼 그러고 서서 나를 바라보았다.

나는 남자아이의 입모습이 연연, 하고 부르는 것을 보았다. 아주 짧은 순간이었다. 집으로 돌아가서 나는 뽑아놓았던 전화기 코드를 꽂고, 샤워도 하지 않은 채 그 앞에 앉아 있었다. 아주 늦은 저녁이 될 때까지 그랬다. 그리고 밤에 맥주를 마셨다. 얼음에 채운 듯이 시원한 맥주였다. 그리고 칠하지 않은 채 마당에 버려진 그네를 바라보았다. 처음 이곳으로 이사올 때 그네를 흰색으로 칠하고 마당에는 풀장을 만들려고 했었다. 하지만 지금까지도 그건 이루어지지 않았다. 풀장을 만든다는 내 생각에 대해 양아버지는 터무니없다고 말했다. "설마, 나에게 돈을 달라고 할 건 아니겠지" 하고 말하더니 그래도 신경이 쓰이는지, 정말로 풀장을 만들려면 얼마간의 돈을 보태주겠다고 했다. 하지만 그건 무리였다. 풀장은, 그것을 유지하는 데 드는 돈만도 나에게는 무리였다. 그때만 해도 양부모님들과는 비교적 친하게 지내고 있을 때였다. 양어머니가 병이 든 다음에는 오빠들은 나에게 다시 쌀쌀해지고 양아버지는 재혼한 이후엔 돈을 부쳐주기는 하지만 나에게 관심이 없어졌다. 그러나 그네를 칠하는 것쯤은, 돈도 얼마 들지 않고 나 혼자서도 할 수 있는 일이 아니었을까 나는 생각한다. 사촌은 내가 중국차를 좋아한다는 것을 알고는 도저히 혼자서 마실 수 없을 만큼 많은 중국 잎차를 사가지고 왔었다. 아직도 찬장에는 현란한 색채의 붉은 도자기에 담긴 중국차들이 차곡차곡 쌓여 있다.

나에게 연연이라고 불러, 침대에서 나는 사촌에게 말했다.
연연 사랑해, 하고 사촌은 말했다.

연연으로 불릴 때 나는 가슴 두근거리게 불안하고 기찻길 옆의 어린아이같이 들뜨고 비 가득 오는 수요일처럼 우울하고 낯선 마을처럼 쓸쓸해진다. 쿡쿡쿡 우는 새소리와 슬픔.

전화벨이 울리고, 나는 전화를 받았다. 사촌이었다.
"결혼식에 잘 갔다 왔니?"
"어젯밤에는 슬픈 꿈을 꾸었어. 내가 배에 타고 있는데, 하늘로 닭처럼 생긴 새가 한 마리 날아갔어."
"그게 슬프다는 거야?"
"그다음에 태풍이 불었어. 새가, 내가 아는 어떤 사람의 모습으로 변하고, 아무리 불러도 멀리 가기만 했어. 그러다 보이지 않아. 네 생각으로 가슴이 터질 것 같았어."
"그 새가 나였니?"
"아니. 기억나지 않지만, 아냐."
"난 이제 집으로 돌아가야 해."

사촌은 한숨을 쉬고 말했다.

　"쌍둥이 중의 한 명이 늑막염이라고 해서, 빨리 들어가야 하는데. 너에게 전화하고 싶어서 남아 있었어."

　"나쁜 아빠야."

　"그래. 나중에 내 아이들이 나를 미워하겠지. 하지만 어쩔 수 없는 일이야, 연연."

　"그래. 어쩔 수 없는 일이야."

　"노래 하나만 불러봐. 지금 사무실은 다 퇴근하고 혼자 남아 있는데."

　나는 전화기를 들고 현관문에 기대서서 마당의 그네를 바라보면서 노래를 두 곡 불렀다. 그리고 전화를 끊었다.

　남자아이가 찾아올까. 남자아이는 언젠가 한 번 나를 집까지 태워다준 일이 있었다. 오래전 일이다. 집으로 들어오는 길은 어둡고 불빛 하나 없다. 아아, 나는 맥주를 하나 더 꺼내고 오이피클을 씹었다. 나는 그 무엇인가가 미치게 그리운데, 그것이 무엇인지 알 수가 없었다. 나는 현관문에 기대어 울었다. 남자아이는 찾아온 것이 아니라 전화를 했다. 나는 깊은 잠에 잠시 들었다가 깨어나서 전화를 받았다. 나는 아아, 너야, 하고 말했을 뿐이다.

　오랜 시간이 지난 다음에는 모두 아무것도 아닌 일들로 느꺼지고 병들어 죽은 사람들이 많아질 거야. 문득 생각났어, 너가. 나는 내가 기다리고 있는 것이 무엇인지 몰라. 하지만 내일이면 모두가 다 좋아질 거야. 머리도 맑아지고 아무렇지도 않은 듯이 회사로 출근하겠지. 잊어버릴 거야. 조금만 더 있으면.

남자아이는 이 집 근처에서 전화한 거였고, 이제 집으로 돌아가는 길에 생각나서 전화한 거라고 말했다.

"새벽 세시에 이곳 시 경계선 밖으로 찾아왔단 말이니? 이 시간에? 근처라면 들어와서 커피라도 마시고 가라고 말하고 싶지만, 네가 싫어할 거 같아."

"아니, 폐가 될 것 같은데."

"그런 것 없어. 난 혼자 있으니까. 그리고 잠이 그리 많지도 않아."

남자아이는 여전히 검은 슈트를 입고 있었다. 젊고 관리다웠다. 나는 가스불에 물을 끓였다. 남자아이가 인스턴트커피로 달라고 했기 때문이다. 남자아이는 말없이 커피에 크림과 설탕을 타서 마셨다. 나는 커다란 핑크빛 티셔츠만 입고 그 앞에 앉아 있었다. 황금빛 스푼이 식탁에 얌전히 놓여 있었다. 모기들이 불가를 날아다녔다. 남자아이는 슈트를 벗지도 않고 식탁에 앉아 있었다. 차들이 국도를 빠져나가고 있었다.

"아침에 빨리 일어나야겠는데, 이곳에서 살려면."

남자아이가 입을 열었다. 나는 식탁보의 장미 무늬를 내려다보고 있다가 "아니, 별로 다르지 않아. 새로운 직장은 잠실에 있으니까. 그리고 버스를 타면 돼" 하고 대답했다.

"커피 한 잔 더 마시겠니?"

"아니, 그럴 시간은 없어. 이제 가야 해."

남자아이는 정말로 일어서려고 했다. 술을 마신 것 같지 않았지만 남자아이는 비틀거렸다. 그리고 나를 안았다.

"사실은, 너를 보고 싶었어, 연연."

"나도 마찬가지야."

"잊지 않겠다고 했지?"

"잊지 않았어."

"오늘 낮에 연연, 널 보았는데 너무나 그리웠어."

"나도 그래."

우리는 가만히 안고 서 있었다. 검은 모기들이 귓가를 날아다녔다. 침대에서 남자아이는 "연연 사랑해" 하고 말했다. 나는 남자아이의 변함없이 단단한 가슴, 검게 탄 팔에 입맞추었다. 내가 먼저 잠들고 남자아이는 눈을 뜬 채로 있었다. 내가 잠이 깊이 든 다음에 남자아이는 집으로 돌아갔다. 눈을 뜬 것은 새벽빛이 창문에 발갛게 피어날 때였다. 출근하기 위해 버스를 기다리고 서 있으니 아직 이른아침인데도 해가 높이 떠 있었다. 버스를 기다리는 사람들 중에는 흰 우산을 쓴 여자도 있었고 나이든 사람은 땀을 흘리고 있었다. 아직 아침 여덟시도 되기 전이다. 나는 손목시계를 보고 버스가 다가올 길을 쳐다본다. 언제나 보는 아침의 풍경이다. 아침을 먹지 못한 사람들이 남몰래 현기증을 느끼면서 버스 정류장 의자에 앉는다.

문득 숨막히는 떨림이 찾아왔다가 사라졌다. 다시는 이런 그리움이 내 일생 동안 찾아오지 않을 것이다. 나는 그것을 알았다.

버스에 타고 잠이 부족한 나는 곧 잠들었다. 버스는 거대한 몸집으로 매연을 뿜으면서 타는 연기 냄새 가득한 서울로 들어섰다. 날씨는 벌써 정글처럼 끓어오르고 있었다. 사무실로 올라가는 엘리베이터에는 사람들로 가득했다. 서류봉투와 쇼핑백과 초록빛 가죽 여행가방을 든 사람들. 지난밤에 마신 술이나 끔찍한 날씨, 고장난 냉장고나 지독한 자판기 커피에 대해서 말하고 있었다. 나는 잠이 모자랐다. 엘리베이터 벽에 기대어 잠이 들려고 했다. 가벼운 잠 속에서도 꿈꾸기에 대한 막연한 공포심이 있는데, 아주 어렸을 때부터의 습관이었다. 사무실로 들어가기 전에 커다란 컵으로 하나 가득, 진한 커피를 마셔야만 일할 수 있을 것 같았다. 벌써부터 전화벨이 울리고 복사기가 돌아가고 있었다. 나는 핸드백을 집어던지듯이 의자 위에 팽개치고 커피를 만들러 주방으로 갔다. 이미 또다른 비서들이 커피를 마시고 있었다. 공기정화기가 제대로 돌아가지 않는 주방은 공기가 탁하고 커피와 담배와 라면 냄새가 언제나 나고 있었다.

"이러다가 사십 도까지 기온이 올라갈지도 모른다고 해. 시내 다른 사무실에선 에어컨이 고장나서 너무나 끔찍했었대. 뉴스 들었니?"

친절한 다른 여비서가 나에게 커피를 부어주면서 말을 걸어왔다.

"많이 지쳐 보여. 잠이 모자랐나봐."

친절한 여비서는 나에게 의자를 가져다주었다.

누군가가 커피를 가져다달라고 소리지르고 있었다. 이곳에 출근한 지 얼마 되지 않는, 대학을 갓 졸업한 남자였다. 말없이 립스틱을 새로 칠하고 있던 다른 여비서가 거짓말처럼 미소 지으면서 그에게 커피를 가져다주기 위해 나갔다.

"쟤 아무래도 좋아하나봐, 나이도 한참 어린 애를."

친절한 여비서는 오늘 나에게 말을 걸고 싶어하였다.

"언제나 자기가 먼저 커피를 가져다주기 위해서 신경쓰고 있어. 건방진 남자가 자기는 좋다고 하면서."

건방진 남자가 좋다는 여비서는 남자의 책상에 걸터앉아 주말에 함께 야구 구경 갈 약속을 하고 있었다. 여비서의 통통한 꽃잎 같은 입술이 빠르게 움직이고 있었다.

"난 야구 선수들이 좋아. 건강하고 멋있어. 다른 운동선수들과는 다르게 마치 사회적인 엘리트처럼 보이거든."

친절한 여비서는 내 얼굴을 가까이 들여다보고 놀라면서 물었다.

"어머, 너 울고 있잖아. 왜 그러니."

나는, 어머니가 아프셔, 그렇게 말했나. 그리고 수없이 놓여 있는 사무용 책상과 신소재 칸막이와 전화와 빨간불이 들어오는 팩스와 노트북들 사이로 뛰어다니는 사람들 속으로 들어가는 것이 무서웠다. 나는 친절한 여비서의 어깨에 얼굴을 기대고 울었다. 꽃무늬 실크 블라우스. 나는 "아아, 잠이 부족했나봐" 그렇게 그 여비서에게 말해주었다. "잠을 거의 자지 못했거든. 어머니가 아프셔. 오늘도 문병 가봐야 할 것 같아. 어머니는 집에서 만든 오렌지주스만 드시고 있거든."

"어머, 솔직히 네 기분이 어떤지 난 잘 모르겠어. 하지만 아주 조금은 짐작이 가. 작년에 숙모가 많이 아프셨어. 그것 때문에 사촌이 걱정하고 있는 것을 봤거든."

나는 하루 휴가를 얻었다. 병원으로 양어머니를 만나러 갈 생각이었다. 오빠들 중의 한 명이 포경선을 타고 외국에 나가 있다가 얼마 전에 돌아왔다. 오빠가 포경선을 탄다는 것은 알려진 비밀이었다. 포경선은 해적선이고 거기서 하는 일은 비밀리에 저지르는 범죄였기 때문이다. 철이 든 다음에는 오빠들과 함께 시간을 보낸 일이 거의 없어서, 나는 그들에 대해서 잘 모른다. 포경선을 타는 오빠는 나를 그린피스의 얼빠진 광신자라고 불렀다. 오빠들은 서른이 넘은 다음부터는 더욱 확실하게 멀어져갔다. 결혼도 하고, 교외에 잔디가 깔린 붉은 지붕집을 샀다. 양어머니는 아직은 초기 단계로 가벼운 수술만 하면 안심할 수 있다고 의사들이 말했지만 가족들은 잘 믿지 않았다.

양어머니는 가끔 찾아오는 나를 그리워했다. 양어머니의 요양소는 경기도에 있었다. 버스를 타고 가다가 마지막에는 택시를 타야만 하는 곳이다. 날은 비가 올 듯이 덥고 잠을 자지 못한 나는 머릿속이 울려왔다. 택시 운전사는 껌을 씹고 창밖 거리에 침을 뱉었다. "담배를 끊으려고 하니까" 하고 말하면서 웃었다. 양어머니는 양아버지와 헤어진 다음부터 몸이 많이 약해졌다. 아이들이 모두 다 결혼한 다음에 헤어지려고 했는데 그러지 못해서 미안하게 생각하고 있었다.

"특히 너에게 미안해. 너에게는 끝까지 잘해주려고 노력했는데." 요양소에 입원하는 날에도 양어머닌 이렇게 말하고 있었다. 양아버지는 별로 말이 없이 어색해하면서 매달 돈을 부쳐주었다. 양아버지는 양아버지의 회사에서 일하던 나이차가 많이 나는 의상디자이너와 결혼했다. 의상디자이너는 곧 아기를 낳았고 오빠들에게 사진을 보내오기도 했지만 오빠들은 별로 관심 없어했다. 요양소에는 오빠들이 와 있었다. 간호사에게 말해서 양어머니를 그늘진 잔디밭으로 나오게 해서 과일과 사이다를 먹고 있었다.

"넌 언제까지 그 집에서 살 거니? 아주 불편할 텐데. 회사도 멀잖아."

큰오빠가 물었다.

"별로 불편하지 않은걸. 버스도 자주 있고. 그리고 나 이제 회사 그만두고 싶어."

나는 미리 생각해놓은 것처럼 불쑥 말했지만 아직 그럴 생각을 굳힌 것은 아니었다. 하지만 말하고 나니 아주 행복했다. 아주 오래전부터 하고 싶었던 글쓰기를 할 거다. 사람의 미래와 과거에 대한 글이다. 막연하게 그렇게 생각만 하고 있었지만 오빠에게 말하고 보니 정말로 내가 원하던 것이 그 것이었구나 하는 생각이 든다. 나에 대해서 알게 되는 생의 아주 짧은 한순간이 있고 그것은 정말로 불현듯 찾아온다.

"회사를 그만둔다고?"

언제나 신경질적인 작은오빠가 물었다.

"지난번에도 그랬잖아. 도저히 못 하겠다고. 형이 힘들게 구해준 일자리를 싫다고 하고선. 이번엔 육 개월도 안 돼서 또? 그런 회사가 쉽게 있는 줄 아니? 결혼할 생각도 없다, 직장도 다니기 싫다면 도대체 넌 뭘 하고 싶은 거니?"

"글을 쓸 거야. 글을 쓰고 싶어요."

"소설이라도 쓰겠다는 거야?"

"아니, 그런 게 아니고."

"글은 아무나 쓴다고 생각하니? 그렇게 세상이 만만하게 보여?"

"애를 그렇게 다그치지 마, 너희들."

양어머니가 오빠들을 말렸다.

"얘는 혼나야 된다고요. 어머니가 너무 감싸서 키웠어. 우리들은 언제나 뒷전이었잖아. 새옷을 사와도 쟤가 먼저고 바나나가 생겨도 쟤가 제일 먼저 먹었어. 그렇잖아, 형? 그렇다고 쟤가 엄마한테 정 붙이는 줄 알아요? 다른 생각만 하고 있는 게 눈에 보이는데."

"그래도 얘기는 들어봐야지."

큰오빠는 연한 닭죽을 양어머니에게 덜어주면서 작은오빠를 말렸다. 날은 더웠지만 그늘은 거짓말처럼 시원하고 바다 쪽에서 차갑고 끈끈한 바람이 불어왔다. 조카들과 올케들은 나비와 잠자리를 잡으러 요양소 밖의 숲으로 갔다.

"어머니, 나 글을 쓰고 싶어요. 소설이 아니고, 내가 알게 되는 것들을요. 그냥 알게 돼요. 꿈에서처럼 선명하게 눈에 보여요. 그리고 난 아파요. 오빠들이 좋다고 하는 그런 직장에서 타이프 치고 커피 끓이고 서류 정리하는 일은 정말 하고 싶지 않아요. 하나도 안 행복해요."

나는 양어머니 무릎에 얼굴을 묻었다. 양어머니의 마른 손길이 내 이마에 가볍게 와닿았다가 지나갔다.

"그런 데 있어야 엘리트 신랑감을 만나는 거야, 이 바보야."

작은오빠가 팩 소리질렀다.

"나는 이애를 이해한다."

양어머니가 작은오빠에게 말했다. 양어머니는 이해심이 많았다. 양어머니는 어쩌면 내가 알고 있는 모든 것에 대해서 이미 알고 있는지도 모른다. 내 가난한 친척이 알코올중독으로 떨리는 손으로 낡은 셔츠 주머니에 돈을 넣으면서 "나쁜 피 같은 것은 정말로 없어요" 하고 말했던 것. 집에서 기르던 개가 이미 말라버린 밥그릇을 핥으면서 커엉커엉 울던 그 집의 저녁을. 그래도 어머니, 이제 난 어머니에게 돌아가 품에 안기는 작은 소녀가 아니야, 그렇지?

"어머닌 그애에게 너무 관대해요."

언제나 애정에 굶주린 듯한 표정을 하고 있는 작은오빠가 투덜거렸다. 과자 부스러기 하나도 나와는 나눠 먹으려 하지 않았던 작은오빠다.

큰오빠는 어머니가 다 먹은 닭죽 그릇을 치우고 나에게 병에 든 사이다를 건네주었다.

"그 남자는 어떻게 된 거니?"

"무슨 남자를 말하는 건데요?"

"그때, 고수부지에서 만나서 같이 맥주를 마셨던 남자 말이다. 아니, 아이들은 저쪽에 가서 놀게 해. 어머니를 피곤하게 하지 말고. 네가 우리에게 소개시켜주었잖아. 어머니에게도 얘기했는데. 중국에서 무역을 하고 있다고 했었지?"

아, 큰오빠는 언젠가 한 번 우연히 만났던 사촌에 대해서 말하고 있다. 고수부지에서 부메랑을 하면서 놀고 있던 큰오빠의 가족들과 나는 어느 토요일 저녁, 우연히 마주쳤다. 신나는 날이었다. 사촌은 중국에서 막 돌아왔고 그날 저녁 우리는 둘 다 돈이 많았다. 뺨이 사과처럼 빨개지며 고수부지를 뛰어가는데 큰오빠의 가족들과 마주쳤다. "오빠, 내가 좋아하는 사람이야" 하면서 소개했었다. 큰오빠는 가지고 온 캔 맥주를 나누어주었다. 사촌은 큰오빠의 가족들에게 좋은 인상을 주었다. 어린 조카들까지도 처음 본 사촌을 좋아하고 따랐다. 큰오빠는 그때 얘기를 하고 있는 거다. 오빠들은 어쩌면 내가 그 남자와 결혼한다고 하지 않을까 생각하고 있었다.

"아아, 그 사촌."

"진짜 사촌은 아니잖아."

"그야 그렇지만, 아니 당연하지 않아요? 진짜 사촌은 아니죠. 하지만 우리는 모두 다 그애를 사촌이라고 불러요. 처음부터 그랬어."

"우리라니?"

"사실은, 나와 친한 아이의 사촌이거든요. 그래서 우리 세 명이 모이면 그 아이는 그냥 사촌이 되는 거죠."

"그럼, 그 사촌은 잘 있는 거니?"

"그럼요. 잘 있어요. 얼마 전에 중국에 갔다가 지난주에 돌아왔어요."

"그때도 그런 말을 했었던 것 같은데."

"언제나 같으니까요."

"우리가 언제까지 널 부양해야 하는 거니?"

닭죽을 다 먹은 작은오빠가 곁으로 와서 물었다. 작은오빠는 나를 부양하고 있지 않으면서도 언제나 그런 식으로 물었다. 나는 자리를 피하고 싶어 사실은 별로 예뻐하지 않는 조카들을 불러 같이 아이스크림을 먹으러 가자고 했다. 긴 하루가 다 지나가려 하고 있었다. 양어머니는 더운 날씨인데도 무릎 위에 담요를 덮고 눈을 감고 있었다. 검은 그늘이 눈동자 주위에 번져 있었다. 양로원을 방문한 다른 가족들이 자리를 걷고 있었다.

"너무 그러지 말아요. 나도 직장을 다녔고 지금까지는 많이 노력했어요."

"앤 지쳐 보인다. 나도 힘들어. 내 앞에서 너희들이 오손도손 지내는 것을 보고 싶은데. 이제 얼마 남지도 않았잖니?"

양어머니가 작은오빠를 말렸다. 사실은 어머니, 이 세상 밖에 나가면 오빠들은 나에게 관심 두지 않으면서 어머니 앞에서만 끔찍하게 내 인생에 관심이 많은 척하죠. 큰오빠는 의젓하고 걱정이 많으면서 너그러운 큰오빠 역할을, 작은오빠는 신경질적으로 예민한 막내아들 역할을 하고 있는 거죠.

내가 버릇없고 귀엽게 구는, 시집가고 싶어하는 말괄량이 막내딸 역할을 하지 않으니까 나에 대해서 못마땅하게 생각하고 있는 거죠.

"어머니는 왜 언제나 말을 그렇게 하세요?"

큰올케가 닭죽이 들었던 도시락을 자동차 트렁크에 넣으면서 양어머니에게 말을 걸었다.

"얼마 남지 않았다는 식으로 언제나 말씀하시는데, 우리들이 뭐 어머니를 힘들게 하고 있나요? 아이들 아버지는 밤낮 어머니 생각밖에는 하지 않는다고요."

여자중학교에서 카운셀링 교사를 하고 있는 큰올케는 싸늘하고 엷은 인상에 유행하고 있는 은색으로 반짝이는 블라우스를 입었다. 나는 큰올케가 결혼하고 나서 아이들을 둘 낳은 지금까지 한 번도 말을 건 일이 없다. 큰올케는 내가 중학교 때 학교를 빼먹고 영화를 보러 갔다고 화장실에 나를 가두고 대걸레로 종아리를 때린 담임선생님과 닮았기 때문이다. 나는 큰올케가 처음부터 싫었다. 나는 크게 앓아누워서 깊은 잠에 빠져 한동안 모든 것을 잊고 싶기도 하다. 양어머니의 단발머리를 가지런히 매만지면서 양어머니의 귓가에 대고 말했다.

"어머니, 나 결혼은 안 해요. 내 마음을 뒤흔드는 남자는 있지만. 그러니까 너무 마음쓰지 말아요."

"가끔가다가 네가 내 친딸이 아니라는 것이 생각나면 마음이 그렇게 서운하다. 생살을 베어낸 듯 허전하고 슬프다. 너는 어렸을 때부터 가르쳐주기 전에 먼저 혼자 다 알았으니 품안에 있어도 없는 것 같고, 남의 배 자식에게 너무 많은 정을 주었구나 싶기도 하다."

집으로 돌아가는 길을 나는 양로원 오솔길을 따라 혼자서 걸어내려갔다. 붉은 잠자리떼가 산비탈의 콩밭 위로 번지듯이 날고 있었지만 아직 구름 하나 없이 맑은 하늘과 흰 흙이 깔린 길은 더웠다. 오빠들이 탄 자동차가 나를 스쳐지나갔다. "고모 안녕." 조카들 중의 누군가가 말했을지도 모른다. 아주 깨끗한 푸른 산 하나가 먼 흰 길 위에 그린 듯이 둥실 떠 있었다. 작은올케는 입술을 뾰족하게 내밀고 화장을 고치는 척하면서 나를 바라보고 있었다. 나보다 한참이나 어리고 고등학교를 졸업한 지 몇 년 되지 않은 작은올케는 조금만 키가 더 컸으면 미스 부산이 될 수 있었을 텐데, 언제나 안타까워하고 있었다. 사람들로 가득찬 차는 먼지를 날리면서 조금 비틀거렸다. 멀리 버스 정류장과 여행자들에게 찬물을 파는 상점이 보였다.

사촌이 찾아오지 않는 날들이 오래오래 흘러갔다. 나는 이틀 동안 밥을 먹지 않고 냉장고의 물만을 마셨다.

꿈속에서 나는, 진흙 속에서 갓 태어난 어린아이였다가 변두리 주택가가 있는 숲속에 버려졌다. 누군가가 내 작고 흰 가슴에 날카로운 정원용 도끼를 꽂는다. 풀 사이에서는 거칠게 강물이 흘러가는 소리가 들려왔다. 정원용 도끼의 손잡이는 초록빛이고 정교하게 만들어진 고리가 달려 있다. 아마도 베트남에 다녀온 사람이 가지고 들어온 것처럼 보인다. 그때는 베트남에 가기를 원하는 사람이 많았다. 돈을 벌기 위해서, 모험을 위해서, 또는 초록빛 손잡이의 정원용 도끼를 구하기 위해서.

꿈속에서 나는 미친 여자의 머리칼처럼 검은 강물이 아우성치며 흐르다가 마침내 그네가 있던 이층집 마당을 휩쓸어버리는 것을 본다. 프랑스인 유치원에 맡겨졌던 자매들이 이층 창 앞에서 굶어죽었다.

자전거 상점으로 일하러 갔던 오빠는 어린 도둑이 되어 소년원으로 들어갔다. "내가 훔치지 않았어요, 내가 아니라니까요" 하면서 처음에는 몇 번이나 반항하다가 마침내, "그래요. 내가 그랬어요. 지갑이 보였어요. 훔치지 않을 수 없었어요" 하고 고백하고 만다.

아버지는 차가운 감옥 안에 있다. 아버지는 집에서 데리고 있던 어린 식모를 죽인 혐의를 받고 무기형을 살고 있다. 아이들은 모르는 채로 잊고 말았지만 아버지는 감옥에서 미쳐버렸다. 나중에는 자기 이름도, 집도, 나이도, 가족에 대한 것도 모두 기억할 수 없게 되었다.

더 시간이 지나서 감옥의 다른 사람들이 죽거나 교체된 이후에는 더욱 아버지에 대해서 기억해주는 사람도 없어서 마침내 아버지는 아무도 모르는 사람이 되어버렸다.

아주 나중에 아버지에 대해서 책을 쓰고 싶다는 사람이 한 번 나를 찾아온 일이 있다. 아버지에 대해서 책을 쓰고 싶다는 사람은 나보다도 더 많은 것을 알고 있었기 때문에 나는 그에게 해줄 말이 없었다. 그 사람은 아버지가 사실은 결백한데 확실한 증거도 없이 단순히 마을 사람들 사이에 떠도는 소문만으로 죄인이 되었다고 말했다. "정말 암울한 때였어요. 도덕에 대해서 너무나 무지한 생각들을 갖고 있었다니까요. 아버지는 항소도 하지 않고 그냥 있었어요. 무기력증에 빠졌다고나 할까요." 그 사람이 알아본 바로는, 아버지의 먼 친척 누이가 정신병원에서 죽었고 아버지가 감옥으로 간 다음 아르헨티나로 농업 이민을 떠났던 그 형제들은 모두 삼십 대에 요절했다. 그중의 한 명은 자살이었다.

나는 내가 쓴 책을 한 권 그에게 주었다. 꿈은 이루어진다. 그것은 '원숭이의 손' 같은 거다. 아버지에 대해서 글을 쓰고 싶다는 사람은 지금도 아버지가 어디엔가 살아 있고, 홍수로 분실된 서류와 나태한 행정절차와 나이든 공무원의 무사안 일 때문에 알 수 없게 된 것뿐이지 어딘가에 수인 번호로만 기억되는 얌전한 정신병자로 감옥병동의 정원을 손질하고 있을 거라고 했다.

사촌이 찾아오지 않고 연락도 없어지게 된 어느 날 나는 책을 썼다. 양아버지가 부쳐오는 돈은 점점 불규칙해졌다. 양아버지에게 또 부양할 아이들이 생겼으니 그도 어려웠다. 양아버지와 결혼한 사무실의 디자이너는 집안이 어려워서 가난하게 사는 오빠들이 많았는데, 그들과 조카들도 돌봐주어야 했기 때문이다. 그리고 마침내 양아버지는 내게 삼 개월 동안 거의 돈을 부쳐주지 않았다. 12월 어느 날 작은오빠 편에, 양아버지와 거래가 있는 백화점에서 물건을 살 수 있는 상품권을 오십 장 전해왔을 뿐이다. 상품권은 크리스마스 선물이라고 하였다. 백화점 상품권으로는 세금을 낼 수도 없고 어쩌다 늦은 밤에 타는 택시비를 내거나 난방을 할 수도 없었다.

나는 시내의 백화점까지 한 시간 반이나 걸려 버스를 타고 가서 쌀과 부드러운 치즈를 잔뜩 사고 잘 먹지 않는 고기를 샀다. 크리스마스 쇼핑 전쟁이 시작되기 전에 먹을 것을 사두기 위해서 나는 서둘렀다. 마음속으로는 양아버지에게 편지를 쓰리라 생각했다. 난 괜찮으니까 이제 돈 같은 것은 부쳐주지 않아도 된다고 말이다.

내가 직장을 그만두게 되었을 때 오래전에 같은 사무실에서 비서로 일하던 아이 하나가 내 책을 출판할 수 있다는 친척을 소개시켜주었다. 책은 별로 길지 않아야 하고 꿈에 관한 내용이면 된다. 나는 꿈에 대해서라면 얼마든지 쓸 자신이 있다고 말했다. 별로 글을 써본 일은 없지만 잘할 수 있을 거라고 생각해요, 하고 그 사람을 안심시켰다. 내가 처음으로 본 꿈이 무엇이었나. 내 기억의 처음에 있는 것. "보통 사람들은 꿈을 잘 꾸지 않고, 또 꾼다고 해도 곧잘 잊게 되잖아요" 하고 출판사 사람이 말했다. 나는 내가 그냥 알고 있는 것들을 그 사람에게 나의 꿈 이야기처럼 말해주었다. 또 내가 프로이트나 융을 공부했거나 한 것은 아니며, 분석하려는 것이 결코 아니고 그냥 서술하는 것뿐이라고 말해두었다.

겨울이 지나갈 때까지 나는 아주 절약하며 살아야 했다. 전기스토브도 쓰지 않고 가스난방도 밤에만 했다. 백화점에서 산 고기를 얼려두었다가 아주 조금씩 잘라 냄비에 익혀 소금과 후추만 넣고 먹거나 얇게 잘라 프라이팬에 구웠다. 백화점에서 산 쌀과 식용유로 겨울을 날 수 있었지만 때로는 정말 과일이 먹고 싶었다. 커다란 황금빛 오렌지나 축구공만큼 큰 그레이프프루트, 물기 많은 복숭아와 송이가 큰 포도알. 이른 여름에 시장에 나오는 입술처럼 붉고 달콤한 딸기. 때로는 사촌이 나에게 전화하지 않는 것에 대해서도 생각했다.

내가 사촌과 같이 살고 있을 때 사촌의 부인은 어느 날 나를 만나, 한때는 남편과 별거했고 헤어지려고 생각했지만 아이들 때문에 그러지 않기로 했다고 조용하게 알려주었다.

"처음에는 화가 나고 아이들은 아무래도 상관없으니, 나도 내 기분으로 행동하려고 했지만, 아이들을 바라보고 나니 마음이 바뀌었어요. 당신도 아마 아이들을 갖게 된다면 이 기분 이해할 수 있겠죠. 내 아이들이 불안한 환경에서 자라는 것, 원하지 않거든요."

사촌의 부인은 대학에 다닐 때, 자기도 과격한 운동에 몸 담고 있어서 자본주의 사회에서의 일부일처제도가 갖는 기만적인 속셈을 소리 높여 성토하기도 했었고, 가정에 안주하는 것만으로 자신의 사회적인 지위를 확인하려는 유한계급 여자들을 공격했었다고 말했다.

"그렇지만 인생을 살다보니 이론대로만 되는 것은 아니었어요. 그래서 인간이 약하다는 것일까요, 생이 완벽하다면 처음부터 이상이란 없었겠지요. 나, 나쁜 인생을 살고 있다는 생각이 많이 들기도 하지만, 내 아이들에게 좋은 인생을 주고 싶거든요."

사촌의 부인은 그렇게 마치 오래된 친구처럼 말했다. 나는 사촌의 부인이 어떻게 말하든 그것 때문에 사촌과 헤어지는 일은 없을 거라고 생각하고 있었지만 그녀의 말은 나를 감동시켰다. 그래서, 그런 것이 어머니로군요, 하고 말하고 말았다. 말하지 않은 뭔가 다른 마음이 사촌의 부인에게 있었을지도 모른다. 다시 기대기엔 너무나 가난한 친정이라거나 아니면 혼자 출발하기에는 자신이 없고 얻는 것과 잃는 것을 다 계산한 뒤에 아이들을 내세웠을 수도 있었다. 내 아이들을 위해서인걸요, 하고 말하면 상대방의 마음은 너그러워지니까. 아니면 사촌을 별로 사랑하는 것은 아니어서, 아무래도 상관없다는 마음으로 그랬을 수도 있다.

　내가 사촌과 함께 사는 팔 개월 동안 사촌의 부인은 임신한 몸으로 대학의 임시 직원으로 일했었다. 쌍둥이는 할머니에게 맡겨졌고 아빠는 중국에 오랫동안 가 있는 것으로 되어 있었다. 난 사촌이 쌍둥이와 곧 태어날 아기 생각을 하면서 나와 함께 있는 것이 싫었다. 차라리 그들과 함께 있으면서 나를 그리워하는 것이 더 낫다고 생각했다. 오빠들은 내가 사촌과 함께 살았다는 것을 사촌이 집으로 돌아가고도 한참이나 지난 겨울이 되어서야 알았다. 오빠들은 무척 분개해서 내가 들어와 되는 일이 없다고 말했다. 그들은 직장도 다니지 않고 결혼도 하지 않는 나를 평생토록 경제적으로 돌봐주어야 할까봐 무척 예민해져 있었다.

　나는 점점 더 집에만 있게 되었다. 차비를 아껴야 할 정도로 사정이 어렵기도 했지만 누군가를 만난다는 것이 두려웠다. 배가 고프거나 머리가 어지러울 때는 긴 의자에 앉은 채로 잠이 들었다.

　몽롱하고 긴긴 꿈들이 찢긴 필름처럼 산산조각나서 작은 집안을 돌아다녔다. 한번은 부엌에 검고 긴 머리를 하고 흰무명 원피스를 입은 소녀가 서 있었다. 소녀가 뒤돌아보았다. 마르고 창백한 얼굴에 눈물 자국이 있었다.

"너는 누구니."

"나는 네 자매야. 기억나지 않니? 흰 그네가 있는 집에서 같이 살았잖아. 여기도 오래된 그네가 있구나. 난 우리집인 줄 알았어."

"왜 너는 자라지 않았니?"

"난 죽었단다. 굶어죽었지. 아무도 찾아오지 않았어."

난 잠에서 깨어났다. 오랫동안 아무것도 먹지 않았다는 기분이 들었다. 나는 책에 이 꿈에 대해서도 쓸까 망설였다. 꿈이 사실이기는 하지만 내가 마치 서툰 무당처럼 느껴지는 것은 별로 기분이 좋지 않았다. 소녀가 또다시 꿈에 나타나 "뒷마당을 파보렴. 거기 돈이 가득 든 항아리가 묻혀 있어"라거나 "양파와 감나무 이파리를 창문에 매달아놓고 잠들면 운이 좋을 거야. 기다리는 사람이 너를 찾아오기도 하지"라고 말할까봐 겁이 났다. 그리고 소녀는 뭐라고 말했던가, 마지막으로.

"아무도 찾아오지 않았어."

그랬다. 흰 이층집은 어디에 있었나. 아무도 찾아오지 않았다. 나는 그 집이 어디에 있었는지 기억나지 않는다. 아마 서울의 어디엔가 변두리쯤으로 편입되지 않았을까. 가까운 곳에 강과 숲이 있고, 지금은 사라졌겠지만, 남자고등학교도 있었다. 가난한 전쟁 피난민들이 모여 사는 판자촌 마을과 마루에서 술을 팔던 오뎅집. 그리고 자전거 상점. 나는 긴 의자에 머리를 파묻고 아무것도 생각하지 않고 잠들기 위해서 노력한다.

정적. 집안은 고요하다. 밤이면 기차가 지나가는 것뿐, 나는 긴 의자 위에서 더욱 몸을 둥글게 웅크리고 작아지려고 노력한다. 우유를 마셔야 할 텐데. 나는 조금 걱정이 된다. 울지 않으려고 했지만 눈물이 나오는 것을 막을 수 없다. 내 사촌, 너는 왜 오지 않는 거니.

조금 더 나이를 먹은 뒤, 사람들은 나에게 말했다.
"너의 인생은 사촌 때문에 나쁘게 되었어. 점점 더 행복에서 멀어지고 마침내는 죽을 때까지 불안밖에 없을 거야. 인간의 관계는 그렇다. 나쁜 것은, 매력적이고 진지하고 치열하고 강하다. 인생을 오래 살면 그런 것이 눈에 보이지. 그리고 그런 병은 절대로 낫지 않는 거야."
나에게 그렇게 말해준 나이 많은 사람들이 자신도 모르게 누설한 것은, 사촌이 단지 결혼한 몸으로 나와 사랑하게 되었다거나, 아니면 어느 날 가난하고 지친 나를 말없이 떠났다거나, 내 남자아이와 나와 그리고 사촌이 같은 침대와, 같은 목욕타월과, 같은 병에 담긴 물과, 같은 방의 창으로 스며들던, 같은 아침빛에 대해서 생각하게 된 것, 그런 것이 아니다. 그들이 본 건 의도하지 않고 만들어지는 슬픔처럼 생의 어느 순간에 저절로 그렇게 있게 된 하나의 인상이었다. 연필로 그려진 황혼녘 발레리나의 모습과 그리고 아름다운 붓터치. 사람들은 나와 내 남자아이와 사촌의 생이 한때의 인상으로만 남아 있었다는 것은 알지 못했다. 그다음에 생은 창백하게 사라져버린다. 그래서 나는 아름다웠다.

사촌에 대해서 많은 것이 생각난다. 우연히 다시 한번 만나게 되었으면, 하고 많이 바랐다. 책을 쓴 다음에 사촌이 이것을 보고 내가 쓴 글인 줄 안다면, 내가 사촌을 그리워하고 있다는 것을 알 텐데, 하는 생각도 들었다. 처음에 팔 개월이 지나고 사촌의 부인이 쌍둥이의 동생을 낳았을 때 사촌은 이제 돌아가야겠어, 하고 말했다. 나는 내가 아무리 슬퍼해도 사촌이 결국 돌아갈 것을 알고 있었기 때문에 "그래" 하고 간단하게 대답하고 말았다. 돌아간 다음에도 사촌은 한동안은 가끔 전화하고 맛있는 케이크를 집으로 배달시켜주었다.

책을 다 쓰고 나서도 한동안 사촌을 그리워하였다. 나는 술이 깨듯이 서서히 중독에서 풀려나리라 생각했다.

오랜 시간이 흐른 다음에 사촌에 대한 나의 깊은 그리움을 알고 있는 사람이 말해주었다. 사촌은 쌍둥이의 동생이 태어나 집으로 돌아갔어도 결국 부인과 진심으로 화해하지는 못하고 잘 지내지 못했다는 것이다. 이미 포화상태가 된 중국 무역을 그만두고 베트남으로 진출해 얼마간 돈을 모았다고 한다. 건강은 괜찮았지만 교회에다 십일조를 바치거나 하지는 않는다는 거다. 나는 이미 다 알고 있는 이야기였지만 그 사람의 입으로 사촌에 관해서 듣는 것이 즐거웠다. 양어머니의 장례식 전날이었다. 희미하게 불을 켜놓은 큰오빠의 집 마루에 사람들이 많이 앉아 있었다. 나에게 사촌에 대해서 말해준 사람은, 오래전에 출판사를 경영했지만 지금은 그냥 실업자로 있는 남자였다. 그 사람은 양어머니 쪽 먼 친척이었다. 양어머니의 장례식에 내가 나타나자 작은오빠는 나를 보지 않겠다고 했다.

"형은 잊었어? 쟤 때문에 어머니가 돌아가신 거라고. 어머니는 마지막까지 저애 걱정만 했는데 저 무서운 애는 남자와 사느라고 끝까지 전화 한 통 하지 않았어."

큰오빠는 나를 바라보지 않았다. 조카들은 멀찍이서 무서운 계모 보듯 나를 보고 있었다. 양어머니가 돌아가시자, 마치 완전한 남의 집 같았다. 내가 양어머니의 아파트나 차에 대해서 말을 꺼내기라도 한 것처럼 오빠들은 펄쩍 뛰며 내 입을 막았다.

"잘 들어둬. 지금까지는 어머니 때문에 말 못했지만, 이제 당연하다는 듯이 우리에게 뭘 요구하지 마. 너에게는 굳이 말하지 않았지만 부모님이 헤어진 후로 우리집도 많이 어려워졌어. 그리고 넌 써먹지도 못할 대학을 나왔지만 난 고등학교밖에 나오지 않았잖아. 넌 할말이 없어."

작은오빠의 말이다. 난 소파에 앉아 얌전히 설교를 들었다. 모두들 입 밖에 내서 말하지는 않았지만 나는 그들의 핏줄이 아니다. 나는 잠시 앉아 있다가 큰오빠의 집을 떠나왔다. 가족들은 내가 나가는 뒷모습을 뚫어져라 지켜보고 서 있었다. 마치 내 뒷모습이 초록빛 도끼 살인범으로 바뀌는 장면을 놓치지 않으려는 듯이, 그랬다.

양어머니의 장례식이 끝난 후에 나는 사촌의 사무실이 있는 빌딩으로 찾아갔다. 마치 우연히 근처에 왔다 들른 것처럼 선글라스를 쓰고 검은 모자를 썼다. 사촌은 중국이나 베트남으로 떠났을지도 모르고 아니면 저녁에 쌍둥이 중의 한 아이나 다른 아이가 아파서 빨리 들어가봐야 할 수도 있다. 그렇지 않으면 결혼기념일일 수도 있고 집을 수리하거나 아니면 비즈니스로 다른 사람들과 약속이 있을 수도 있었다. 나는 엘리베이터 옆에 있는 흡연석 의자에 앉아 있었다. 한 시간 동안 기다린 뒤 사촌이 나오지 않으면 전화를 하려고 생각했다. 사촌은 그다지 오래 지나지 않아서 엘리베이터에서 내렸다. 나는 사촌을 한 번 보고 금방 알 수 있었다. 내가 모르는 밝은색 새 양복을 입고 있었다. 엘리베이터에서 내리면서 담배에 불을 붙이려고 나에게로 다가왔다.

나는 말없이 그의 어깨에 안겼다. 내 검은 모자가 바닥으로 떨어지고 나서야 사촌은 나를 알아보았다. 우리는 너무나 오랫동안 떨어져 있었던 사람들처럼 그렇게 안았다. 둘 다 아무 말 하지 않았다. 사촌이 "커피?" 하고 물었고 나는 "아니" 하고 대답했다.

나는 언제나 그랬다. 사촌이 내 인생을 괴롭혔다고 생각하는 사람들을 나는 이해할 수 없었다. 양부모님의 아들들인 오빠들도 마찬가지다. 그들은 내가 사촌과 알게 됨으로써 그대로 인생이 종쳤다고, 작은오빠의 말대로 하자면, 굳게 믿고 있다.

나는 오랫동안 내 남자아이가 잘 지내고 있는 것으로 생각하고 있었다. 관리가 된 지 몇 년이나 지났으니 승진도 하고 연봉도 오르고 경제부의 중요한 자리에 앉아서, 어쩌면 결혼했을지도 모른다. 강원도의 한 절에 있는 병든 어머니 따윈, 곧 잊어버렸을 것이다. 다른 사람들이 연연에 대해서 잊어버리듯이 말이다. 그 아이에게는 인생이 동화 같은 어린 날과 큰 실패 없는 삶으로 기억될 것이다. 꿈에 관한 내 책에서 나는 썼다.

"나는 연연이다. 나는 처음부터 알고 있었다. 연연은 내 자매이고 그리고 연연보다 더 나이가 많은 자매가 있었다. 우리들은 이 세상에서 한 번도 만난 일이 없다. 나이 많은 자매는 내가 태어나기 전에 죽었기 때문이다. 그렇지만 나는 이것들을 모두 알고 있다. 누구도 나에게 말해준 사람은 없었다. 사람들은 도리어 나에게 뭔가를 숨겼다. 은밀하고 어두운 이야기가 스며 있기 때문이다. 어린 시절에 내가 알던 사람들은 지금은 모두가 다 뿔뿔이 흩어져버렸다. 살아 있는지 아니면 죽었는지 알 수 없는 사람들이 대부분이다. 꿈을 모두 기억할 수 있다면, 사람들은 더이상의 신비를 바라지 않을지도 모른다. 잘살기 위해서, 행복해지려고 꿈을 기억하려

하는 것은 아니다. 어두운 신비에의 욕망이 잠자고 있어서, 사람들은 기억하지 못하는 기억에 몸을 던진다……"

사촌과 나는 나무의자에 몸을 대고 앉아 새벽이 오는 것을 보았다. 나는 사촌의 가슴에 기대고 또 기댔다. 사촌은 나에 대한 모든 것을 알고 있고, 책도 읽어보았노라고 말했다. 하지만 좋은 아빠가 되기로 부인과 약속했고, 그 약속을 깨지 않으려고 노력한다고 했다. 나는 누구나 좋은 아빠가 되기 위해서 몸부림칠 필요는 없다고 말해주었다.

"다들 그렇게 생각해. 내가 아는 친구들도 그랬어, 마치 승려처럼 그럴 필요는 없다고. 하지만 내 아이가 자라났을 때 아버지가 그저 그런 건달이었다는 식의 말을 듣는 것은 싫거든. 애들 엄마가 노력하고 있는 이상 나도 그에 따라주기로 했어. 너에게 미안했어."

나는 어두운 방안을 서성이면서 담배를 피웠다.

"네 말이 맞아. 그래도 그냥 한번 보고 싶었을 뿐이야. 지난겨울엔 몹시 추웠어. 난방을 하지 못했거든. 창문이 꽁꽁 얼어버려 열리지 않았고 부엌문도 마찬가지였어. 살아가는 것이 자연스럽게 흘러가는 사람들도 많은데, 난 아니야. 아아, 미안해. 이런 말을 너에게 하다니. 이러려고 너를 만난 것은 아니었어."

"왜 그랬어? 너는 편하게 살고 있었잖아."

"미안해. 다른 이야기를 하고 싶었어. 끝까지 흰빛으로 칠
하지 못한 그네 같은 것."

"왜 난방을 하지 못했는데?"

나는 팔을 침대 아래로 늘어뜨리고 담뱃불을 껐다.

"이제는 양아버지가 돈을 보내주지 않아."

"양어머니는?"

"양어머닌 일주일 전 돌아가셨고."

사촌은 침대 아래에서 무릎을 꿇고 앉았다. 사촌의 목소리
가 떨려나왔다.

"난 네가 부유하다고 알고 있었어."

"괜찮아. 지금은 그렇지 않아."

사촌이 나를 안고 호텔의 베란다에 섰다. 나는 마치 아버
지에게 사랑받는 어린 여자아이처럼 내 사촌에게 안겼다.

"나중에 내 아이들이, 아버지가 어느 날 사랑하는 여자와
함께 옷을 벗은 채로 호텔에서 뛰어내렸다고 듣게 될 거야."

"아이들도 아버지를 이해해야 돼."

우리는 그런 채로 한동안 가만히 있었다. 나는 십오층에서
뛰어내리면 어떻게 될까 그것을 생각하고 있었다. 먼저 머리

가 바닥에 떨어져 피의 강을 이룰 것이다. 세워놓은 자동차에 떨어지게 된다면 아마 온몸의 뼈가 부서지겠지. 우리는 떨어지면서 헤어지게 될까, 아니면 손을 놓지 않을까. 나에 대해서 알고 있는 사람들은 말할 거다. 꿈에 관한 글을 쓴 김연연, 유부남 애인과 함께 호텔에서 투신자살. 가을, 수요일 새벽.

"네가 싫다면 나 혼자라도 뛰어내릴 테야."

가만히, 조용히 나는 베란다의 난간에 올라섰다. 겨울이 얼마 남지 않아서 새벽은 추웠다. 공원을 산책하러 사람들이 스웨터를 껴입고 개를 데리고 현관문을 나서려고 할 시간이다. 해가 부옇게 공원의 숲 위로 떠올라온다. 공원 아래로 내려가는 버스가 이르게 출근하는 샐러리맨들을 싣고 출발하고 있었다.

"지금은 별로 로맨틱한 시간이 아냐."

사촌이 불붙은 담배를 건네며 내 몸에 로브를 걸쳐주었다. 우리는 난간에 걸터앉아 담배를 나누어 피웠다. 그리고 잠시 후에 누군가 방문을 요란하게 두드렸다. 열어주지 않으면 부수고 들어올 기세였다. 호텔의 직원이었는데, 어떤 사람이 베란다에 올라선 우리를 보고 신고를 했다고 했다. 아마도 공원에 산책 나가는 나이든 여자였겠지만, "아마 자살하려나봐요" 하고 말했다는 거다. 우리는 아니라고, 그냥 바람을 쐬고 있었다고, 호텔방의 공기가 너무 탁했다고 말했다. 호텔 직원은 우리에게 커피를 가져다주고 진정제 같은 걸 원하면 줄 수 있다고 친절을 베풀었다. 우리는 그 자리에서 진한 커피를 마시고 진정제를 한 알 나누어 먹었다. 우리가 진정제를 삼키는 것을 보고야 호텔 직원은 방을 떠났다. 그리고 내 사촌과 나는 잠들었다.

꿈에 관해서 쓴 책은 그다지 많이 팔린 것은 아니지만 지난겨울 같은 가난에서는 나를 벗어나게 해주었다. 당분간은 식비 걱정이나 세금이 밀릴 염려까지는 하지 않아도 되었다. 그래도 나는 저축이 하나도 없었기 때문에 많이 절약해야 했다. 언제 또다시 돈이 생길지 모르기 때문에 새옷을 산다거나 금붕어 어항을 마련한다거나 하는 일은 생각하지 않기로 했다. 사촌은 만나서 사흘을 같이 보낸 뒤에 돈을 보내주었다. 한겨울은 날 수 있는 돈이었다. 사촌도 돈을 어렵게 마련했을 거라는 생각이 들었다. 부인 몰래 만들어야 했을 테니까 말이다. 마을에 있는 새로 문을 연 중국요릿집으로 가서 따끈한 만두와 볶음밥을 먹고 두꺼운 양말과 야채를 사서 집으로 돌아왔다. 중국요릿집은 따뜻했고 상쾌한 푸른색 벽지와 물방울무늬의 커튼과 카펫이 있었다. 나는 집으로 돌아오는 내내 새로운 직장을 구해야 하지 않을까 생각했다. 젊은 날에 여러 직장을 다녔지만 정말로 내가 생계를 위해서 일을 해본 적이 없었다. 언제나 나에게는 양아버지의 송금과 양어머니의 관심이 있었던 것이다. 다른 모습으로 살아갈 거라고는 별로 생각해보지 않았다. 사촌의 사무실에서 일할 때도 마찬가지였다. 오전에는 손톱을 손질하거나 다른 비서 여자아이들과 같이 가까운 백화점으로 쇼핑 가거나 하였다. 몇 달 있지 않았지만, 난 그냥 전화 받고 팩스를 보내고 스케줄을 정리하는 비서였다. 그의 부인이 알게 되고 귀찮은 문제가 되기 전에 먼저 그만두어버렸지만 노동은 그런 것이 아니라는 생각이 든다. 사람들이 진지하게 말하는 노동 말이다. 노동 말고도 진지한 다른 것들, 운동이라든가 환경보호라든가 지금은 형편없이 인기 없게 된 코뮤니즘 운동이라든가 그리고 앰네스티 같은 곳에서 사람들이 하고 있는 일들.

아버지에 대해서 글을 쓰고 싶다면서 언젠가 나를 찾아온 사람에게서 편지가 와 있었다. 편지는 현관문 아래에 떨어져 있었고 흙이 묻어 있었다. 나는 흙을 털어내고 차를 끓이면서 편지를 읽었다.

"……아버지가 어느 곳에 있는지는 아직 정확히 알지 못하지만, 어딘가에 살아 있다는 내 생각에는 변함이 없고 또 어느 정도의 정보도 꾸준히 모이고 있습니다. 나는 이것들을 연연씨에게 알려주어야 한다는 의무감을 가지고 있어요. 지금 알 수 있는 유일한 혈육이니까요. 연연씨의 아버지처럼 서류상으로 사라져버린 사람이 세 명 더 있다는 정보도 알아냈습니다. 그들의 공통점은 가족이 없고, 정신질환을 앓고 있거나 앓은 이력이 있는 사람들이라는 것이지요. 궁극적으로 그들은 재판의 결과에 대해서 반박할 자료도 없고 의지도 모자란 사람들이었지요. 그들 중에는 어쩌면 사회에 나가는 것보다는 감옥이 더 좋다고 생각할 사람도 있을 겁니다. 내가 몇 년 동안 일을 하면서 힘을 얻은 것은, 어딘가에 있는 사라져버린 사람들을 찾는 일에 몇몇의 다른 사람들이 꾸준히 힘을 보내주고 있다는 것입니다. 그중의 한 사람은 이십 년 동안 교도관 일을 해온 관리지요. 그 사람은 이름은 밝힐 수 없지만, '옳은 일을 위한 사람의 모임'이라는 일종의 비밀 조직에 속해 있습니다. 그 사람이 많은 힘이 되었습니다. 사라져버린 사람들에 대해서 다큐 프로그램을 만들려고 하는 전직 영화감독도 만났습니다. 이렇게 아주 작은 나라에서, 혁명 후의 러시아나 오랜 전쟁이 끝난 후의 인도차이나도 아닌데, 감옥에 간 이후로 알 수 없게 되어버린 많은 사람들이 있다는 것은, 놀라운 일이라고 생각됩니다. 나는 아버지를 찾는 것 외에도, 아버지가 결백하다는 것을 증명하기 위한 자료도 모으고 있습니다. 아버지는 무기력해진 상황에서, 자기 방어를 할 아무런 사전준비 없이 재판관 앞으로 끌려갔습니다. 아마, 경찰서에서의 고문도 있었으리라고 생각됩니다. 여러 가지 정황증거들로 볼 때…… 그 초록빛 정원용 도끼는 아버지의 것이었지만 오랫동안 쓰지 않았고, 연연씨도 기억할 수 있을까요? 연연씨의 작은 정원은 오랫동안 아무도 손질하지 않았습니다. 그리고 연연씨의 정원은 길가에 그대로 접해 있어서, 말하자면 사람들이 흔히 부르는 담이 없는 정원이었지요. 누구나가 연연씨의 마당에서 마음만 먹는다면 정원용 도끼를 가져갈 수 있었습니다. 아버지는 연연을 죽이지 않았어요. 연연은 드물게 아름다운 소녀였고, 전쟁이 끝난 지 얼마 되지 않은 사람들의 마음은 황폐하고 가난했어요. 그들은 온갖 흉흉한 것들에 익숙해 있어서, 아버지가 연연을 죽인 것에 대해서 당연하게 생각하고 있었습니다. 그것이 가장 어울리고 그리고 자연스러운 일이라고 생각되게 된 거죠. 아버지는 전쟁의 희생자라고 생각됩니다. 아직도 거리에는 보이지 않는 전쟁의 유령이 넘칩니다. 실업에 대해서 생각해보았나요? 아무도 치우지 않는 냄새나는 강물의 쓰레기 더미들을, 훔친 개를 죽여서 불에 구워먹거나 한낮에도 갈 곳 없이 거리를 배회하는 남자들을. 가난한 사람의 아이들은 화려한 상점이나 중국과자를 파는 상점 근처를 돌아다니죠. 사람들은 그토록 비참하던 전쟁에 대해서 모두 다 잊었을까요. 서점에서 연연씨가 쓴 책을 읽었습니다. 이름을 다르게 하였지만 그 가난한 남자는 바로 연연씨의 아버지가 맞죠? 다른 사람들은 마치 정말로 연연씨가 쓴 꿈에 관한 아름다운 이야기로 생각하면서 읽었지만 나는 다 알 수 있어요. 오늘은 하늘이 하염없이 높고 학교로 가는 길은 창백하게 눈부십니다. 오늘 같은 날은 인생을 살면서 몇 번 오지 않을 것이라 생각합니다. 나는 지금 젊지만 그렇다고 해서 살아갈 많은 날들이 반드시 나를 기다리고 있는 것은 아니겠지요. 아직 전임 자리를 얻지 못했지만 크게 걱정하지는 않습니다. 나는 지질학을 좋아하지만, 그만큼 반드시 가르치는 것을 좋아하지는 않아요. 나는 부양해야 할 가족도 없으니 안정된 직장에 대해서 다른 또래의 동료들처럼 급하지는 않습니다. 나는 통신강의로 학부를 졸업했습니다. 가난한 집안의 장남으로 태어나 돈 때문에 어려움을 겪으면서 공부했기에 세상의 명예나 돈에 대해서 욕망이 생기지 않는 것은 아닙니다.

참 이상하지요? 연연씨의 아버지를 찾는 일이 나에게는 어울리지 않는다고 가까운 사람들은 생각하고 있어요."

다른 날 나는 다시 그 중국요릿집으로 갔다. 오후 세시쯤 되었을까, 사람들이 붐비지 않는 시간이었다. 나는 잡채와 밥을 먹고 신문을 보았다. 그즈음에 나는 경제부에 있는 남자아이에게 전화를 걸었었다. 지금쯤은 승진도 하지 않았을까, 다시 강원도를 여행하거나 하지는 않나, 그냥 그런 안부를 묻기 위해서였다. 전화를 받은 것은 모르는 여직원이었는데 남자아이는 직장을 그만둔 지 오래되었다고 했다.

"어디로 옮겼을까요?"

무료해져서 나는 그냥 물었다.

"아마, 뭔가 다른 일을 하시고 있을 거예요. 자세한 것은 우리도 몰라요."

강원도로 남자아이의 어머니를 찾아 여행했을 때 우리가 같이 들어갔던 중국요릿집이 생각난다. 비닐의자는 삐걱거리고 커다란 밀가루 반죽 덩어리가 테이블을 차지하고 있었다. 물컵은 더러웠고 고양이가 새끼들을 데리고 테이블을 돌아다니고 있었다. 그래도 배가 고팠던 남자아이와 나는 접시를 깨

곳이 비웠다. 남자아이가 어머니에 대해서 말했다. 나는 모령을 보았다는 얘기는 하지 않았다. 남자아이가 중국요릿집의 테이블을 손가락으로 톡톡 두드렸다. 고양이가 야옹 하고 울고 주방에서는 지독한 기름 냄새가 나고 있었다. 비가 올 것처럼 번갯불이 번쩍였다. 이곳에서 잠잘 만한 곳이 있나 주인에게 물어봐야겠어. 남자아이가 자리에서 일어섰다.

"이곳은 여관이 없어요. 바다 쪽으로 나가면 민박하는 집들이 있고, 아, 이 길을 따라서 가면 옛날에는 한창 바쁠 때 묵을 수 있었던 집이 있어요. 지금은 어떨지 모르겠어요. 옥수수밭이 있는 집이죠."

주인이 가르쳐준 옥수수밭이 있는 집에서 수요일까지 있었다.

나는 문득 자리에서 일어났다.

"이곳에서 일하고 싶은데요. 단기 아르바이트가 아니고 정말로 일하고 싶어서요. 직장으로 생각하려고요."

"난 주인이 아니라서 내 마음대로 못해요."

중국옷을 입은 여자가 별로 내켜하지 않으면서 대꾸했다.

"어떻게 하면 주인을 만날 수 있나요?"

"언제나 오전에만 있어요. 오전에 오면 만날 수 있을 거예

160

요."

　다음주에 나는 결국 그 중국요릿집에 서빙하는 일자리를 얻었다. 두 번이나 그냥 돌아온 다음에 여행에서 돌아온 주인을 만날 수 있었고 주중에는 오후에만, 그리고 주말에는 아침부터 밤까지 일한다는 약속을 하고서야 일자리를 얻을 수 있었다. 주중에 하루 쉴 수가 있다. 별로 재미없는 일이라는 생각은 들었지만 어쩔 수 없었다. 일할 때는 유니폼을 입어야 하고 머리는 비행기 비즈니스클래스의 스튜어디스처럼 묶어야 한다. 근무시간에는 전화를 받거나 외출할 수 없고 팁은 절대 받을 수 없다. 대충 이런 것들을 지켜야만 한다.

　첫번째 주말을 지내고 나서 나는 아주 형편없이 지쳐버렸다. 중국요리의 풀코스가 나오는 테이블은 빙글빙글 돌아가는 구조로 되어 있고 여러 가지 요리가 쉴새없이 나왔다. 단체 예약이 되어 있는 저녁은 특히 힘들었다. 언제나 약혼식과 동창회가 열렸다. 지금까지 내가 일해온 직장 중에서 가장 힘든 곳이라 생각했다. 혹시 아는 얼굴을 만나게 되는 것은 아닐까. 단체손님들이 올 때는 그런 두려움도 있었다. 비슷비슷해 보이는 얼굴의 중년 남자들. 강원도로 떠났던 남자아이는 지금 어디에 있을까. 나는 남자아이에게 편지를 썼다.

"어디에 있니. 난 궁금해했어. —연연"

가을이 되었다.

잎이 먼저 변하기 시작했다. 나는 시 경계선 밖에 살고 있기 때문에 시내에 살고 있는 것과 다르다. 가끔 새가 우는 소리도 집 뒤쪽 산에서 들린다. 사람들은 그림을 그리거나 은퇴한 삶을 고요하게 보내려고 이 마을로 온다. 내가 처음 이마을에 왔을 때는 그냥 초라한 시골마을이었지만 지금은 많이 다르다. 아름답고 밝은색을 칠한 집이 계속 지어지고 있다. 아파트나 공동주택에서 일생 동안 사는 것에 지친 사람들이 이곳으로 이사왔다. 그들은 개를 기르고 마당에 꽃을 심고 야채밭을 가꾸었다. 저녁이 되면 바람이 달라졌다. 차들은 불을 밝히고 절대로 멈출 필요가 없다는 듯이 길의 끝에서 끝까지 달려나가고 길가의 나무에서는 잎이 사정없이 쏟아진다.

집으로 올라오는 길은 누런 잎들에 덮여 길을 알아볼 수가 없게 되었다. 중국요릿집에서 일하고 밤늦게 집으로 돌아오기 위해 나는 차가 필요했다. 중국요릿집에서 일하는 주방장이 주선해주어서 92년식 소형차를 거의 공짜로 얻을 수가 있었다. 처음에 집으로 돌아올 때 차에서 검은 연기가 나서 나는 어쩔 줄을 몰랐다. 오래된 차는 돈이 많이 들었다. 일이 일찍 끝나는 날은 가을의 긴 길을 그냥 걸어서 집으로 돌아왔다.

나는 점점 마을 밖으로 나가는 것을 두려워하게 되었다. 시내로 나가지 않은 지도 몇 달이나 지났는지 몰랐다. 가까운 마을의 우체국이나 다른 마을의 슈퍼마켓이 전부다. 양아버지가 마지막으로 백화점 상품권을 보내왔다. 이제 양아버지도 돈을 보내거나 할 처지는 못 된다는 생각이 든다. 나는 백화점으로 나가서 새옷이나 화장품을 사고도 싶었지만 그냥 신발장 서랍에 상품권을 넣어두었을 뿐이다.

아침에 일어나 창을 열면 싸늘한 아침바람과 축축한 강물 냄새와 낙엽송들의 거리가 내려다보인다. 중국요릿집에서 같이 일하는 아이들은 내가 살고 있는 집을 보고 나를 부러워하기도 했다. 그달에는 주인이 페이를 올려주어서, 좀더 여유 있어졌다.

"너는 한 번도 지각하거나 빠진 날도 없으니까."

가끔은 같이 일하는 아이들과 차를 타고 가까운 강으로 놀러가기도 했다. 그렇지만 대부분 나는 혼자 있는 것이 좋았다. 강원도로 떠났던 남자아이에게서도, 그리고 사촌에게서도 연락이 없었다.

"어디에 있니. 난 궁금해했어. —연연"

커피를 마시려고 하다가 나는 찬장에서 오래전 내가 남자
아이에게 썼던 편지를 발견했다. 편지는 반듯하게 두 번 접
혀 있었다. 나는 남자아이에게 편지를 쓰고 그것을 부치는
것을 잊었나. 남자아이의 집으로? 남자아이의 집은 어딘가.
나는 망연히 찬장 앞에 서 있었다.

남자아이를 만난 것은 가을이 다 가기 전이었다. 남자아이
는 정말로 나를 찾아왔다. 마침 그날은 내가 요릿집 일을 쉬
는 날이었다. 나는 이른아침에 일어나 구운 빵에 딸기시럽을
발라 먹고 큰 잔으로 우유를 마시고 배달되어 온 신문을 보
았다. 그리고 긴 의자에 앉아 나는 다시 잠이 들었던가. 누군
가가 부엌 유리창을 두드렸다. 나는 그것이 떨어지는 나뭇잎
의 소리라고 생각하며 계속 잠들어 있었다. 남자아이는 내가
잠이 깰 때까지 부엌 유리창 아래에 서 있었다.
"네가 없는 줄 알았어."
남자아이는 티셔츠와 블루진을 입고 있었다. 차는 없었다.
오랜만에 만난 남자아이는 좀 여윈 것도 같고 오래전 금방

군대에서 돌아와 관리로 채용되기 전의 그 모습을 하고 있었다. 가만히 만져본 남자아이의 몸은 차가웠다. 아, 가을이었구나 하는 생각이 들었다.

"네가 아직도 여기에 살고 있는지 확신할 수가 없어서 그만 돌아가버릴까 생각하고 있는 중이었어."

"커피 마시겠니?"

남자아이는 뜨거운 커피를 두 잔이나 마시고 빵도 먹었다.

"마침 다행이야. 내가 집에 있는 날이어서."

"너, 직장에 다니고 있니? 넌 책을 썼잖아. 그 사무실도 그만두었고."

"책을 쓴 건 사실인데, 이곳에서 가까운 일자리를 얻었어."

"그게 어딘데?"

"차이니스 레스토랑."

"차이니스 레스토랑?"

남자아이는 빵을 물고 가만히 생각하더니 말했다.

"저 큰길 건너편에 있는 것?"

"응, 맞아."

"말하자면 중국집?"

"그래."

남자아이는 빵을 다 삼키고 또 한 잔의 커피를 마셨다.

"일하지 않으면 살 수가 없는 거니?"

"맞아."

남자아이는 집을 나왔다고 했다. 그 나이에 집을 나온다는 것은 조금 이상해, 하고 말해주었다. 찬장에는 브랜디가 한 병 있었기 때문에 그것을 마셨다. 한낮부터 취해버리게 되는 것이다. 집안의 모든 창을 열어놓아서 바람이 한 번 불 때마다 가을 낙엽이 마루에 와 쌓였다. 이곳에는 낙엽송이 많다. 도토리가 소리를 내면서 떨어질 때도 있었다.

나, 많이 불안해, 나를 안아줘, 하고 말했다. 커피가 기분 좋은 소리를 내면서 끓었다. 이제는 정말로 그네를 칠해야 할 텐데. 페인트 상점은 가까운 곳에 있었고 나는 오래전에 그 일을 할 수 있었으리라. 별로 어렵지 않은 일이다.

"그다지 큰일은 아냐. 그냥 아주 사소하게, 언제나 일어나는 일이었어."

남자아이는 관청을 그만두게 된 일에 대해서 말하고 있었다.

"누구나가 하고 있는 일이었어. 난 그 일을 맡은 지 얼마 되지 않았고 전임자와 같은 일을 하라는 압박을 받았어."

"아주 심각한 정도였니?"

"아니, 그다지. 그냥 난, 남들이 다 하고 있는 일이라서 별로 심각하게 생각하지 않았던 것뿐이야. 그것뿐이지."

감색 슈트와 넥타이를 차려입지 않은 남자아이는 나에게는 좀 낯설게 보였다. 얼굴이 검게 타고 좀 여윈 것 같았다. 대학시절 내성적으로 움츠러들던 나와 ROTC로 근무하던, 머리칼이 눈에 띄게 짧고 키가 큰 남자아이가 대형 강의실의 가장 뒤, 눈에 잘 보이지 않는 자리에서 나란히 생리학을 들었다. 학점이 모자라서 졸업할 수 없게 된 아이들이나 한 학기 먼저 졸업하려고 하는 우등생들을 위해서 열리는 여름방학 강좌였다. 우등생이 아닌 아이들은 수업시간 내내 소곤거리거나 가방에 스티커를 붙이거나 커피를 마시거나 군대 간 아이에게 편지를 쓰거나 했다. 생리학은 재미없었고 지금은 아무것도 기억나지 않는다. 남자아이는 졸업 후에 장교로 군복무를 해야 하고 그것이 자기 체질에 맞는다고 생각하고 있었다. 미래의 장교를 알게 되었다는 것은 나에게는 신비스러운 일이었다. 그리고 아마 자기는 군대에서 퇴역할 때까지 있게 될 거라고 남자아이는 덧붙였었다. 왜냐하면 남자아이는 증권회사나 광고회사나 아니면 제약회사의 영업부 자리가 별로 마음에 들 것 같지 않아서라고 말했다. 그때는 붐이 일어서 졸업생 남자아이들은 누구나가 다 증권회사로 몰려가고 있을 때였다.

여름이 다 끝나고 이제 졸업할 사람들은 졸업을 하고 올림픽도 열렸다. 나는 간신히 생리학 학점을 따고 졸업할 수 있었다. 9월인데도 유난히 모기가 많았다. 한번 남자아이와 나는 가락동으로 회를 먹으러 갔었다. 나는 졸업을 했고 무슨 일인가로 남자아이에게 돈이 생겼다고 했다. 시간이 많은 아이들 중에는 올림픽선수촌에서 자원봉사하는 아이들도 있었다. 가락동의 밤에는 더욱 모기가 많았다. 저녁이 되자 거리에는 작은 퍼레이드가 열렸다. 사람들이 많았기 때문에 남자아이와 나는 서로 헤어지지 않기 위해 손을 잡고 걸었다. 마치 축제가 열린 것 같았다. 끊임없이 울려퍼지는 트럼펫 소리와 하얀 옷을 입은 인형 같은 외국인 배우들의 연기와 불을 뿜는 용과 헤라클레스. 퍼레이드의 행렬이 한바탕씩 지나갈 때마다 사람들은 박수를 치고 발을 구르고 어린아이들은 소리를 질러댔다. 길은 어느 곳으로도 갈 수 없게 사람들로 가득했다. 말을 탄 경찰들이 사람들을 통제하고 있었다. 버스를 타기 위해서 길을 찾던 남자아이와 나는 결국 포기하고 퍼레이드를 마지막까지 구경하기로 했다. 자원봉사 단원복을 입은 사람들이 행렬의 사이에서 행복해하고 있었다. 트럼

펫이 한번 더 울리고 흰 레이스가 눈부신 배우들이 춤을 추면서 거리를 지나갔다. 수많은 금빛 모래처럼 하늘에서 불꽃이 터졌다. 이제 전쟁이나 가난 같은 것은 모두 다 잊게 될 거다. 남자아이가 나에게 물었다.

"이제 졸업했잖아. 넌, 뭐할 거니?"

"글쎄. 잘 모르겠어."

"뭔가 마음으로 결정한 일은?"

"그런 것 없어."

"일자리는 구했니?"

"아니."

남자아이와 나는 오후에 가을이 깊어가는 집 앞 산기슭을 산책했다. 마을 대부분의 집들은 약간의 오리와 몇 마리의 개와 닭을 기르고 있었다. 일요일이면 기르던 닭을 잡아 식탁에 올리기도 했다. 바비큐 그릴을 마당에 갖다놓은 집도 있었다. 하지만 대부분은 조용하고 한적하게 살았다. 아직도 농사를 지어서 옥수수나 감자를 심는 사람도 있고 밭에는 보리와 밀을 심었다.

집을 나온 뒤 남자아이는 이곳저곳을 다니다가 서해안의

어느 한 섬에 가서 오래 있었다고 했다. 섬은 바람이 심하고 쓰레기의 악취가 심하고 믿을 수 없을 만큼 파리가 많고 가난했다. 남자아이는 하루종일 낚시를 하고 햇빛 아래에서 모자를 쓰고 빈둥거렸다.

"정말로 내가 이런 일을 당하리라고는 생각하지 못했어. 하지만 지금은 많이 익숙해졌지. 처음에 파면 통보를 받았을 때는 말이야."

그 섬으로 가기 위해서 이틀이나 오지 않는 배를 기다리고 그리고 다시 배를 두 번이나 갈아타고 도착했다고 한다. 정말 먼 곳에 있는 섬이었다. 한때는 군인들이 주둔하기도 했던 섬이라서 부둣가나 항구의 시설은 괜찮았지만 부대가 철수해버린 지금은 노인들과 몇몇의 어부들과 눈먼 소녀와 집 없는 굶주린 들개들만이 산비탈을 뛰어다닌다. 섬 어디에서나 쓰레기통과 돼지우리와 부둣가의 악취를 피할 수 없다. 전쟁 때는 섬에서 반란이 일어나 남아 있던 젊은 남자들은 거의 남김없이 살해되고 말았다고 한다. 사람이 죽으면 화장을 하고 재를 바다에 뿌렸다.

남자아이는 섬에 있으면서 사람이 죽는 것을 두 번 보았다고 한다. 한 사람은 나이든 노인이고 다른 한 사람은 불구를 비관하던 소녀였다. 여자들의 얼굴은 바닷바람에 졸아들대로 줄어들어 있었고 군대가 주둔한 이후로는 섬에 기형아가 많이 태어났다고 했다. 기형아들은 제대로 자라지 못했고 자라난다고 해도 스무 살을 못 넘겼다. 자살한 소녀의 시체는 산비탈에서 들개들에게 뜯겨 있는 것을, 나물을 캐러 간 사람들이 발견했다. 밤낮으로 사정없이 바람이 불고 또 불었다. 남자아이는 커다란 바닷장어를 바구니 가득 낚았다.

"파면 통보를 받았을 때는 주먹을 불끈 쥐고 일어서서 내가 아는 모든 것들을 언론에 밝히고, 그냥 이런 식으로는 계속될 수 없다는 것을 말하려는 의지로 가득했는데, 책상을 정리하면서 마음이 바뀌었어. 섬에 오래 있으니 연연 네 생각도 났어. 사촌과는 잘 지내고 있을까, 하는."

"그건 오래전 이야기야. 너도 이제는 알지 않니. 사촌은 쌍둥이와 갓 태어난 아기에게로 돌아갔어."

"난 네가 사촌과 함께 행복할 거라는 생각이 들었거든."

"잠깐 동안은, 정말로 그랬어. 하지만 너도 같이 있었더라면 우리는 셋 다 좋았을 거야."

"사촌의 사업은 잘나가고 있는 것 같았어. 이번엔 베트남이라며."

"응, 오래전 같았으면 사촌이 가난한 나라의 노동자들을 믿을 수 없는 저임금으로 부려먹고 있다고 생각했을 거야."

"난 지금도 그렇게 생각해."

아버지에 관해서 글을 쓰고 싶다면서, 나에게 편지를 보내오고 있는 남자도 그렇게 생각하고 있었다. 아무 생각 없이 우리가 그들에게 일자리를 주고 있다고 생각하겠죠, 하고 그 남자는 편지의 처음에 썼었다.

"언젠가 오래전에 연연씨를 집회에서 보았습니다. 대학생인 연연씨는 어리고 내성적이고 가냘퍼 보였어요. 연연씨는 강당의 한가운데에 기타를 들고 앉아 있었어요. 그때는 나도 연연씨가 앞으로 내가 쓰게 될 책 주인공의 딸이라는 것을 모르고 있었고 나는 그냥 호기심 많은 통신강좌 대학의 신입생일 뿐이었죠…… 개인적인 의견으로만 말하자면 모든 사유재산의 소유와 자본의 축적은 더할 수 없는 악의 시작이 됩니다. 지금의 세상과는 정말로 다른 것을 원한다면 인간은 원시로 돌아가야 합니다. 정부라든가 권력이라든가 아니면 무역이나 경제나 종교나 진리에 대해서 따지지 않는 상태가 있을 겁니다. 말할 수 없는 몽상이죠. 때로는 나도 그런 생각이 들어요. 사회나 조직은 필요악이겠죠. 재산을 모으기 위한 어떤 종류의 행위도 길 가는 사람의 뒷머리를 때리고 지갑을 뺏는 것과 근본적으로는 하나도 다르지 않다는 생각이

들어요."

남자아이는 방의 한가운데에 두 팔을 늘어뜨리고 서 있었다. 티셔츠는 바지 밖으로 아무렇게나 나와 있고 며칠 동안 면도하지 않은 얼굴에 눈동자는 빨갛게 열에 들뜨고 짧은 머리칼은 빗질하지 않아 엉켜 있다. 남자아이는 잠이 부족하다. 이제 어떻게 하나 하는 생각이 남자아이의 머릿속에도 있을 것이다.

"너는 내가 찾아왔을 때, 사촌이었으면 하고 바랐을 거야."

"글쎄."

나는 짧게 대답하고 샤워를 하고 내일 중국요릿집에 입고 갈 블라우스를 꺼내어 다린다.

"사촌은 이제 성공한 사람이야."

"알아."

"사촌의 부인이 점을 보았는데, 그들은 헤어지지 말아야 한다고 그랬어. 집안에서도 그걸 알지. 그들이 헤어지면 아이들도 성공하지 못하고 사촌도 가난해질 거라고. 노인들은 죽고 많은 사람들이 병에 걸릴 거라고 하더군."

"재미있는 점괘야."

"쌍둥이 중의 여자애는 너무 예뻐서 사촌이 언제나 데리고 잔다는군. 마치 중국인형 같아. 베트남에도 한 번 데려가고. 사촌은 한때는 집안의 골칫거리였는데 이제는 안 그래. 이제 골칫거리는 나야. 집에 연락 안 한 지 오래됐어."

"이제 그런 것은 잊어버려."

나는 다림질을 마치고 남자아이를 안아주었다. 남자아이는 가만히 있었다. 마당의 귀뚜라미들이 약속한 듯이 한꺼번에 울어대었다. 나는 사촌이 귀여워서 데리고 잔다는 중국인형 같은 쌍둥이 딸아이를 생각했다.

어떤 기분일까, 사랑받는다는 것은. 지금 남자아이도 그걸 알고 싶어하겠지. 단지 메이크러브 하는 것이 아닌. 나는 남자아이의 짧은 머리칼을 하나하나 만지고 이마의 작은 주름, 눈에 뜨이지 않는 피부의 작은 점 같은 것에 입맞추었다.

나도 어떻게 하는지 잘 몰라. 아마 모령이었다면 나에게 이렇게 해주지 않았을까. 갓난아기를 병원에서 떠나보내기 전의 모령이었다면.

열어놓은 부엌창 밖으로 바람에 흔들리고 있는 나의 그네가 보였다. 머리칼처럼 길게 자란 풀들이 색이 흐려지면서 바람에 쓰러지고 그 위로 길가의 단풍잎들이 사정없이 쏟아졌다. 멀지 않은 곳에 강이 흐르고 있다.

집세를 계속해서 내지 못하면 이곳에서도 그다지 오래 살지 못하겠지만, 나는 아직은 걱정하지 않는다. 한번은 이 집을 헐어내고 통나무집을 짓고 싶다는 사람이 있었지만 그 사람은 이곳이 전철역에서 너무 멀고 가스가 들어오지 않는다는 이유로 그만두어버렸다. 아직까지는 이 집은 크게 시장성이 없는 개조된 농가일 뿐이다.

가을밤에는 강물 소리가 더 가까이 들렸다. 맥주를 좀 가지고 강으로 나가는 것이 어떨까 남자아이에게 물었다. 아몬드와 시원한 캔맥주와 차가운 초콜릿이 냉장고에 있었다. 쇼핑백에 그런 것들을 담았다. 강가에는 습기가 많기 때문에 두꺼운 신발을 신고 모기가 있어서 긴소매 옷에 바지를 입어야 한다. 나는 두꺼운 검은 스타킹을 신고 발목까지 오는 구두를 신었다. 가을의 강가는 추울 거야. 스웨터를 입어야 해. 나는 남자아이에게 내 커다란 스웨터를 입혀주었다.

"강물 속은 아마도 더 추울 거야. 참을 수 없을 정도로."
남자아이는 입술 끝으로 웃었다.
"랜턴도 있으면 가지고 가. 배가 고플 테니까 샌드위치나 그런 것은 됐어. 강가에는 밥을 파는 곳이 있으니까. 그곳에서 먹으면 되지 뭐."

남자아이가 한 손에 랜턴을 들고 다른 손으로는 내 손을
잡고 그리고 집 밖으로 걸어나왔다. 집안에는 이제 낡은 그
네밖에 없다. 그네는 여전히 바람에 흔들리고 있었다. 끼익
끼익하는 기름칠하지 않은 녹슨 쇠줄의 소리가 났다. 밤의
발소리처럼 집 근처의 풀들이 바람에 소리를 내고 있었다.

버스를 타도 되지만 남자아이와 나는 랜턴을 켜고 강으로
걸어가기로 했다. 이제 밤이고 스웨터를 입지 않았다면 아주
추웠을 것이다. 남자아이와 나는 처음에 손을 잡았다가 그다
음에는 팔을 껴안았고 내가 남자아이의 진바지 주머니에 손
을 넣었다. 조금 따뜻해지는 것 같았다.

춥고 바람 부는 밤이었기 때문에 강으로 가는 동안 아무
도 만나지 않았다. 강이 있는 곳에는 고기를 잡아서 국을 끓
여 밥을 파는 집이 있었다. 남자아이와 나는 생선구이를 하
나 시키고 소주를 나누어 마셨다. 바람이 불어서 내 긴 머리
가 얼굴에 드리워졌고 남자아이는 손으로 내 머리칼을 쓸어
주었다. 나는 이곳에서 오래 살았지만 밤에는 한 번도 강에
와본 일이 없다. 이제부터 강은 쓸쓸해진다. 찾아오는 사람
이 없는 것이다. 남자아이는 다시 한번 나에게 말했다.

"난 네가 사촌과 함께 행복할 거라는 생각이 들었거든."

나는 가만히 있었다. 쓸쓸한 풀냄새가 바람결에 묻어나고, 남자아이의 입에서는 소주 냄새가 났다.

"섬에서도 그 생각을 했었어."

소주와 맥주를 아주아주 많이 마셨다. 추운 날이었지만 검은 모기들이 귓가를 날아다니고 부정으로 파면당한 젊은 관리와 차이니스 레스토랑의 웨이트리스는 무언가를 아주 간절히 기다리고 있었다. 밤은 점점 깊어가고 얼음처럼 차가운 달이 숲 사이에서 떠올랐다.

"너와 같이 강원도로 갔었던 것 기억나니?"

"그래. 네 어머니를 찾으러 절에 갔었지."

"그때 너는 잠들었잖아."

"그래. 아주 덥고 힘든 날이었어."

"그때 난 어머니를 만났어."

"알고 있었어."

"어떻게? 난 아무에게도 말하지 않았어."

"그냥 알 수 있었어. 난, 그냥 알았어. 하지만 내가 아는 걸 너는 원하지 않았지."

"어머니가 살아 있다는 것도 너에게 말하게 되어서 그때는 마음속으로 화가 났었어."

"아아."

"난 괴로워했나봐."

"직장 이야기를 좀 해봐."

"별로 하고 싶지 않아."

남자아이는 무뚝뚝하게 말을 끊었다.

"이제는 모두 잊었어. 한동안은 나도 다른 사람들처럼 아무렇지도 않은 얼굴을 하고 이 세상을 살아갈 수 있는 종족으로 알았어. 하지만 이제 아니야. 나에게 어울리지 않는 일이었다고 생각하면서 섬에서 돌아온 거야."

"이것은 내 생각인데 사촌이 너를 도와줄 수 있지 않을까 생각해. 넌 파산한 것도 아니고 흉악한 죄를 지은 것도 아냐. 그냥 관직에서 파면당했을 뿐이야."

"나, 얼마 전에 신문에서 나를 찾는 광고를 보았어. 아버지가 내신 거야. 돌아오라고 쓰여 있었어. 난 삶은 고구마를 사먹으면서 그것을 읽었다. 처음부터 너무나 당연했던 것들이 이제 낯설어져가."

남자아이는 가지고 온 맥주에는 손대지 않고 소주를 그릇에 따라 마셨다. 나는 생선구이를 조금씩 먹고 맥주 캔을 비웠다. 물고기가 고요한 강 한가운데에서 뛰어오르고 바위처럼 숨죽이고 있던 사람들이 낚싯대를 다시 드리웠다. 자갈을 밟는 자박자박 하는 소리와 함께 사람들이 어둠 속에서 신비하게 나타났다가 사라져갔다. 모기 때문에 긴팔 재킷을 모두가 걸치고 있었다. 한 떼의 사람들이 강가에 불을 밝히고 있었다. 젖은 신문지와 종이박스와 자동차 기름으로, 차갑게 맑은 하늘에는 별이 간혹 떠 있다. 아련한 불빛을 바라보면서 사람들은 담배를 피워 물었다. 남자아이가 불가의 사람들에게 가서 담배를 얻어와 그것을 나누어 피웠다.

사촌은 이제 돌아오지 않는다. 오랜 날들이 지나갔지만 아무런 의미나 기억도 없다. 나는 줄에서 떨어지고 있는 공중곡예 하는 소녀의 마음이 꿈에서 불현듯 나타나는 것을 보았다. 소녀는 두 손을 모으고 머리를 아래로 해서 별처럼 떨어지고 있었다. 아무런 장애도 없다. 시간처럼 빠르게, 어떤 머뭇거림도 없이 소녀는 떨어지고 있을 뿐이었다. 소녀의 머리장식이 바람에 날려 핑크 리본이 허공에서 잠시 춤을 추었을 뿐이다. 아버지가 먼 곳에서 소녀를 불렀다.

연연.

남자고등학교의 잘생긴 물리 선생인 아버지의 젊은 시절의 모습이다. 내 기억 속에서 한 번도 만난 일이 없는 젊은 아버지가 보이지 않는 곳에서 줄 타는 소녀의 이름을 부른다. 소녀는 별처럼 떨어지면서 수줍고 작은 소리로 말한다. "나도 자라면 간호사가 되고 싶어. 하지만 학교에 다닌 적이 없어서 그렇게는 안 되겠지요."

아주 오랜 시간이 흐른 다음에 나는 밤에 문득 잠을 깬다. 가을바람이 창문을 사정없이 흔들고 지나가고 먼 강에서 비바람이 불어오고 있었다. 비바람은 슬픔에 싸인 여자처럼 울고 있었다. 나는 나이들고 지쳤다. 바람이 나에게 아무것도 말하지 말기를 바라며 이제는 꿈속에서도 아무것도 알 수가 없고 이제 조용히, 조용히 죽어가기만을 바란다고 생각한다. 더이상의 일은 생에서 일어나지 않으리라. 반드시 그러리라.

유리 창문에 누군가가 입술을 대고 있었다. 빗물인 것처럼 눈물이 흘러내리는 얼굴이었다. 나는 어두운 마루를 지나 커다란 유리창 너머로 흔들리고 있는 그네를 본다. 아무도 손질해주지 않고 오랜 시간을 그곳에 있었던 그네였다. 남자아이의 얼굴은 강물에서 금방 나온 것처럼 젖어 있다. 어머니를 찾아 나와 함께 강원도로 떠나갔던 남자아이. 이제는 깊고 깊은 차가운 강물에 잠겨 아무도 볼 수 없는 아이. 나는 유

180

리 창문을 열려고 애쓰지만 유리 창문은 얼어붙은 것처럼 꼼짝도 하지 않는다. 남자아이의 얼굴은 슬픔에 잠긴 듯하고 무엇인가 말하려 하는 것도 같았다.

나도 너와 함께 강물로 돌아가고 싶어, 하고 소리치지만 유리창 밖의 남자아이에게는 들리지 않는다. 남자아이는 점점 멀어져간다.

이제 모든 얼굴이 바람 속으로 사라져버린다.

시간이 흐른 다음에 아픈 가슴에 안고 나는 죽게 되리라. 아직도 차가운 강물 속에 있는 내 남자아이의 머리칼. 그토록 부주의하게 빠져들어갔던 내 생의 깊고 어두운 강물을.

내가 강가 밥집의 의자에서 스웨터를 걸치고 잠에서 깨어났을 때는 아직 날이 완전히 밝기 전이었고 여전히 어두운 강물에서 가끔 물고기가 뛰어올랐다. 밥집의 유리문을 흔들면서 바람이 지나가고 있었고 어쩌면 이제 곧 날이 밝을 때가 된 것도 같았다. 나는 맥주 캔들을 앞에 놓고 끝없는 꿈을 꾸고 있었나보다. 머리가 울리고 뜨거운 커피가 간절하게 마시고 싶었다. 이른아침 해장국을 끓이기 위해 가스불이 파랗게 타오르고 있는 주방이 보였다. 유리문 밖으로 이른 서리가 하얗게 내린 강둑길이 보였다. 스웨터를 걸치고 의자에 잠들어 있는 사람들이 둘, 더 있었다.

꿈속에서처럼 남자아이는 없었다. 새벽이 시작되는 시간에 나는 강가를 홀로 산책했다. 빛이 시작되는 강물은 어둡고 더러웠다. 나는 거친 모래 위에 조용하게 앉아 내 인생의 시작이 어떠했나, 생각했다. 잠깐 동안 차가운 바람이 불어왔다. 이제 밤낚시가 끝나고 사람들은 낚싯줄을 거두었다. 휘파람처럼 우는 새들이 강가의 숲에서 날아와 안개가 걷히지 않은 길 먼 곳으로 날아갔다. 나는 모래가 발목까지 빠지는 강가를 계속해서 걸었다. 라이트를 켠 차들이 강둑길을 떠나 집으로 돌아가기 시작한다. 마을에 살고 있는 아이들은 영원히 이 마을에서 살 것이고 이른아침마다 강가의 안개를 볼 것이다. 핵전쟁이 일어나지 않는다면, 에이즈가 새벽안개처럼 온 세상을 덮어버리지 않는다면, 공해 때문에 아무도 이 세상에 살 수 없게 될 때까지는.

모령, 나는 낮은 소리로 내 어머니를 불러보았다. 붉은 나뭇잎들이 바람에 강물 위로 떨어져 이 세상의 낮은 곳으로 흘러갔다. 모령, 번개가 치는 산길에서 처음으로 당신과 마주쳤을 때, 보이지 않는 당신의 두 눈 속에 내가 있는 것을 알

앉어요. 남자아이는 산속의 절에서 뜨거운 차를 마시고 잠들었어요. 그 아이는 내가 모르는 무언가를 보았고 그래서 나와 함께 도망쳤어요. 그런데 이 세상 끝까지 도망치지는 못했어요. 한 번도 불러볼 일이 없는 그리운 엄마, 나도 마지막에는 그렇게 될까요.

나는 걸어서 집으로 돌아왔다. 쓸쓸한 가을날이었다. 이제 곧 11월이 될 것이다. 자동차들이 끊임없이 국도를 달려나가고 그보다 더 많은 수의 낙엽이 길 위에 내려 쌓였다. 차이니스 레스토랑으로 출근하려고 블라우스를 갈아입었다. 먼 곳에서 개 짖는 소리에 귀기울이고 있다가 문득 현기증이 났다. 개 짖는 소리는 점점 크게 들려왔다. 마을 아이들이 강둑 길을 따라 뛰어가면서 소리치고 있었다. 언제나처럼 적막한 하루가 시작되고 있었다. 잘 익은 열매가 나무에서, 나뭇잎이 강처럼 쌓인 숲으로 떨어졌다. 축축한 비가 보이지 않게 떨어지고 있었다. 어린아이들 한 떼가 집 앞을 지나가면서 소리쳤다.

"엄마, 강에서 죽은 사람을 봤어요. 강가에 이렇게 떠 있었어."

남자아이는 얼굴을 위로 하고 눈을 뜨고 있었고 붉은 나뭇잎이 남자아이의 얼굴에 두껍게 쌓였다고 한다. 나는 소리치며 달려가고 있는 마을의 아이들과 반대방향으로 걸어가면서 아이들의 소리를 들었다.

그때 나는 알았다. 내 사촌은 이제는 영원히 돌아오지 않을 것을. 강물에 잠긴 것은 다시는 만나지 못할 내 사촌과 나. 기억이 처음 시작되던 생의 먼 곳에서부터 나는 내 사촌을 만나기 위해 긴 여행을 떠나왔었다. 어쩌면 미처 아기로 태어나기도 전부터 내 사촌을 그리워하고 있었을지도 모른다. 마을 아이들의 목소리가 안개에 젖은 강둑길을 따라 사라져갔다.

이제는 차가운 물속에 손을 넣으면 거기 남자아이의 부드러운 손이 언제나 나를 기다리고 있을 것이다. 남자아이의 손은 나를 잡고 말한다.

이제 돌아와, 나의 연연. 이 세상의 마지막에는 너를 가질게. 너의 방, 너의 꿈, 너의 그리운 얼굴과 입술, 너의 젖은 머리칼과 상처에 입맞춘다. 그리운 연연, 이 세상이 끝날 때까지 바람 속에서 너의 이름을 부르고 또 부른다.

나는 길의 한가운데에서 걸음을 멈추고 젖은 머리칼을 만졌다. 짙은 안개 속에서 보이지 않는 자동차들이 헤드라이트를 밝히고 달려가고 날이 밝아오고 있지만 세상은 점점 더 어두워만 간다. 내 사촌은 어디론가 먼 곳으로 여행을 떠났다. 중국이나 베트남이나 아니면 더 먼 곳, 사람들이 아직 모르는, 가난하고 전쟁에서 완전히 깨어나지 않은 어떤 곳으로. 어느 날은 나에게 편지를 쓰거나 전화해서 향기롭고 연한 스테이크를 사줄지도 모른다. 나는 강물 속에 가라앉은 남자아이의 이마에 입술을 한 번 대고 안개 가득한 길을 계속해서 걷는다. 자동차의 헤드라이트 말고는 아무것도 보이지 않는다. 산처럼 커다란 자동차가 천둥 같은 소리를 내면서 안개 속에서 나에게로 다가왔다. 나는 비틀거리며 길가에 쓰려졌다. 온통 축축하게 젖어버린 길 위로 내가 쓰려졌다. 멀리서 마을 아이들이 손에 손을 잡고 안개 속을 뛰어가면서 소리지르고 있다.

"엄마, 강에서 죽은 사람을 봤어요. 강가에 이렇게 떠 있었어."

나는 나이들고 지쳤다. 바람이 나에게 아무것도 말하지 말기를 바라며, 이제는 꿈속에서도 아무것도 알 수가 없고 조용히, 조용히 죽어가기만을 바란다. 더이상의 일은 이제 생에서 일어나지 않으리라. 반드시 그러리라.

문학동네 장편소설
부주의한 사랑
ⓒ배수아 2021

1판 1쇄 1996년 12월 5일
1판 3쇄 2003년 4월 15일
2판 1쇄 2021년 6월 30일

지은이 배수아
책임편집 강윤정 | 편집 이재현 김영수 이희연
디자인 김이정 유현아
마케팅 정민호 이숙재 우상욱 정경주
홍보 김희숙 김상만 함유지 김현지 이소정 이미희 박지원
제작 강신은 김동욱 임현식 | 제작처 한영문화사(인쇄) 경일제책(제본)

펴낸곳 (주)문학동네 | 펴낸이 염현숙
출판등록 1993년 10월 22일 제406-2003-000045호
주소 10881 경기도 파주시 회동길 210
전자우편 editor@munhak.com
대표전화 031) 955-8888 | 팩스 031) 955-8855
문의전화 031) 955-3578(마케팅) 031) 955-2678(편집)
문학동네카페 http://cafe.naver.com/mhdn
트위터 @munhakdongne
북클럽문학동네 http://bookclubmunhak.com

ISBN 978-89-546-8042-4 03810

www.munhak.com